创意写作书系

# 情节与人物

## 找到伟大小说的平衡点

[美] 杰夫·格尔克（Jeff Gerke）◎著
曾轶峰　韩学敏◎译

PLOT VERSUS CHARACTER
A Balanced Approach To Writing Great Fiction

中国人民大学出版社
·北京·

# “创意写作书系”顾问委员会

（按姓氏笔画排名）

献给我的小女儿

苏菲亚·宋·泰勒·格尔克

# 译者序

《情节与人物》，从书名就可以猜到，这是一部重点教授“情节”和“人物”的写作指导书。作者首先让我们认识到，世界上的小说家可以分为两类：情节至上型和人物至上型。擅长设计情节的小说家对情节设计很有天赋，精彩的情节让你目不暇接，全书无尿点；擅长塑造人物的小说家把小说中的主角、配角一个个都塑造得有血有肉，让你多年以后哪怕记不得书名和情节了，也记得起人物。但是，人有所长必有所短，两类小说家各有死穴。擅长情节的小说家往往不愿意花时间去塑造一个真正的人物，人物在他的小说里只是为情节服务的工具，指哪儿打哪儿。还记得《一个馒头引发的血案》吐槽电影《无极》（一部既没情节又没人物的电影），有人问谢无欢某个情节的大 bug 是怎么回事，阴险恶毒的谢无欢哭着说：“我也不知道，这都是导演的安排。”而擅长塑造人物的小说家喜欢玩深沉，往死里挖掘人物性格生成背后的深层原因，读者看着一大段一大段的人物刻画和内心独白就困意来袭，至于情节，那是这类小说家最不屑考虑的东西。

《情节与人物》是杰夫·格尔克自成体系的写作指导书。因为杰夫是一位草根出身的小说家，所以他不跟我们讲理论，上来就是实战。其目的就是指导你多快好省地创作一部情节与人物兼备的小说。《情节与人物》不同于其他小说写作指导书的地方在于杰夫提出了“心结—关键时刻”的写作模型：“整部小说实际上是从心结到关键时刻的准备、过程及其结果。”杰夫在书中举了很多例子来印证运用“心结—关键时刻”写作模型而大获成功的小说，而且这些例子基本上是我们熟悉的畅销书或电影。通过杰夫的讲解，你会发现这些畅销小说成功的原因其实很简单，如果你能深入骨髓地领悟到根本的道理，你就能写出优秀的小说！

杰夫启发式的教学法引领你从人物塑造开始，从寻找人物的“核心性格”到设计解开“心结”的“心路历程”，将“心路历程”外化就自然是情节，按照经典的“三幕式结构”（引入、故事核心、高潮和结局）来架构小说保准不会出错，你在不知不觉中就完成了从人物到情节的完整创作。杰夫的语言具有那种正能量爆棚的美国人的乐观，他像带小朋友做游戏一样带你写作，告诉你现在该记笔记了，现在可以动笔了，不厌其烦地提醒你要注意的事项，将什么做到位才能进行下一步，等等。这种手把手式的教学法有人可能觉得幼稚，但转念一想，这就好比美国快餐大亨肯德基、麦当劳制作薯条的流程，人家告诉你要用多少度的油温，该炸上几分钟，然后再晾上几分钟，如果你真按人家苦心钻研出的流程来操作，无论你的料理水平有多黑暗，照样能做出一盘香喷喷的薯条。还是那句老话，写作不仅要有天赋，更要有方法。科学的方法＋勤奋，就会打造出属于我们这个时代的小说写作高手。

本书翻译分工如下：从开头到第 10 章由曾轶峰翻译，第 11 章到结尾由韩学敏翻译。全书由曾轶峰统稿。在此要感谢曾崇义、孙国秀、李冬阳参与校对工作。

# 前言

啊，我的宝贝，啊，我的宝贝，你快一点，我们一块儿走

你不去吗？你不去吗？你看那个厉害的、衣衫不整的音乐人

啊，我的宝贝，啊，我的宝贝，让我带你去看亚历山大的爵士乐队的表演，你不一起来吗？

上面这段话看起来不起眼，但就是这些简单的文字点燃了一场革命。

1910 年，一个叫伊斯雷尔·伊西多尔·巴林的年轻人创作了生平第一支曲子，叫作《亚历山大的爵士乐队》，一首由乐器演奏的进行曲。巴林是来自俄罗斯的犹太移民，住在纽约市，他想方设法把这支曲子推上百老汇的舞台。

百老汇的一个制作人相中了《亚历山大的爵士乐队》，把它编入自己的音乐剧《疯狂》。但是观众对这支曲子反应冷淡。后来演了几场，这支曲子就被撤了下来。巴林的第一个作品就此结束了百老汇之旅，用他自己的话说，“一败涂地”。

六个月后，百无聊赖的巴林给这支曲子填上词。简简单单的歌词，在某些人看来甚至有些粗俗。歌词大意非常简单：某人带着约会

对象去看乐队演出时下流行的音乐。

快来听一听！快来听一听！亚历山大的爵士乐队！
快来听一听！快来听一听！这是最好的乐队！
他们可以演奏你从没听过的军号
如此自然令你向往战场
这是最好的乐队，我的宝贝羔羊
来吧，来吧，让我拉着你的手
谁是领队
如果你愿意听一听爵士版的《斯旺尼河》
快来听一听，快来听一听，
亚历山大的爵士乐队。

先别管这歌词错误百出的语法和故意赶时髦的嫌疑，歌词本身引起了听者的共鸣。很快这支曲子就在百老汇流行起来。在那个没有脸书和推特的年代，《亚历山大的爵士乐队》照样火遍大江南北，曲子的作者也火了。

很快所有人都知道了作者的名字。伊斯雷尔·伊西多尔·巴林决定为自己换一个听起来更美国化的名字：欧文·伯林。

伯林现在有机会证明自己，他的成功不是昙花一现。在他长达 60 年的创作生涯中，他创作了约 1 500 首歌曲，改编百老汇歌舞剧 19 部、好莱坞电影 18 部，其中 8 部还获得过奥斯卡提名。歌曲的代表作如《白色圣诞节》、《装扮高雅》、《独此娱乐业》、《上帝保佑美国》。

这些成就的起点就是他为那首“一败涂地”的进行曲填上了词。

“欧文·伯林在美国音乐界没有**位置**，”作曲家杰罗姆·克恩后来说，“他**就是**美国音乐。”乔治·格什温称伯林是“史上最伟大的作曲家”。

欧文·伯林对自己一夜成名也颇为惊讶。他回忆《亚历山大的爵士乐队》一开始失败后来却大获成功的原因时，做出如下总结："音乐要想活下去，必须被唱起来。"

## 音乐与歌词：两种类型的小说家

欧文·伯林的曲子的旋律前后没有变化，使之发生变化并产生魔力的是后来填上的歌词。

通常一篇作品总有顾此失彼的地方。如果"失败"的部分没有补回来，那么整篇作品还是"一败涂地"。

无论是写小说还是创作音乐，道理都是一样的。

我认为所有的小说家都可以分为两种类型：一种擅长设计情节，另一种擅长塑造人物。

擅长设计情节的小说家整日思索关于故事的种种可能。在他们的精彩作品中有趣的事情接连发生。作品关注的焦点是发生的事件而不是人物，通常有很多很多的事情发生。我了解这类小说家是因为我就是其中的一员。

擅长塑造人物的小说家总是着迷于探索什么样的人物读者会感兴趣。小说中的人物富有、迷人、令人信服且不可抗拒。你感觉这些人物是真实存在的。

这两种小说家的问题是鱼和熊掌无法兼得。擅长设计情节的小说家塑造出的人物扁平、虚假、老套：像是照着纸样剪出来的，虽然脾气、抱负、性别、职业不尽相同，看起来却都差不多，都是按照小说家的脾性塑造出来的。注重塑造人物的小说家能塑造出充满生气的人物，但是让这些有趣的人物干什么，他们往往绞尽脑汁仍不得而知。你很少能看到全能的小说家。我就从没遇到过。

那么，无法两全的小说家们该怎么办呢？

在音乐界，人们的解决办法是找一个搭档，让他做他擅长的事情，两个人取长补短。于是就有罗杰斯和汉姆斯泰因、吉尔伯特和沙利文、勒那和洛伊、梅肯和阿什曼、伯斯坦因和桑德海姆，还有韦伯和瑞斯这样的黄金搭档。一个作曲，另一个填词。这个办法对搞音乐的适用，对写小说的就没那么简单了。

小说界也有分工合作的成功例子。如斯蒂芬·金和彼得·斯特劳布、拉里·尼文和杰里·波奈尔、玛格丽特·韦斯和特雷西·希克曼。畅销系列小说《落后》的作者有两位：提姆·拉海因和杰瑞·B·詹金斯。拉海因提供故事的神学框架，大部分的实际写作交由詹金斯完成。

但是大多数情况下，写小说是一个人的事情。小说家独自坐在笔记本电脑前，做着最不可思议的梦。

## 完美世界

最理想的情况是，你天生就具备两种才能：既能塑造优秀的人物，又能设计出精彩的情节，人物跟随情节一往无前。

一般情况下，无人能如此幸运。

读到这里，你也许已经知道自己属于哪种类别的小说家了。如果有人评价说"你写东西挺有男人味嘛"，通常是说你的小说情节精彩但人物乏味；"嗯，你的……对话写得不错"，这表明评论者认为你的情节无趣但人物尚可。

也许你觉得自己并不属于任何一类。有些人告诉我他们是背景至上的小说家。最开始出现在他们脑海中的是**地点**。但是我认为他们：（1）将地点视为情节的触发器；（2）将背景视为人物。所以他们还是在二分法之内。还有一个女小说家告诉我她是谋杀至上的小说家。她一开始就想到谋杀，接着引出故事。拜托，谋杀就是情节，她还是情节型小说家。

一些小说家不觉得应该提高自己的薄弱之处。就我的个人经验来说，大多数情节至上的小说家不认为塑造有现实感的人物是必要的。只要美女站在即将爆炸的卡车旁（这样男一号会发疯似的冲过去，由此进入下一个情节点）就万事大吉。在这些小说家看来，人物只是一个摆设。乔治·卢卡斯谈到，他的《星球大战》中的人物不过是棋盘上的一粒棋子。他调兵遣将都是为了情节，为了他想要的故事。这些小说家笔下的人物有时似乎太假、太老土，这是否也不足为奇了？

人物至上的小说家看不起那些一味制造惊险爆炸和杀人现场的小说家。他们感兴趣的是母女间互动的情感关系。然而这些小说家现在却觉得有点绝望，因为他们知道这样的书确实销路不好。要是让他们加点情节，他们又不乐意。

音乐想要鲜活，就必须被唱起来。不配歌词的旋律再好听也只是一支曲子。没有旋律，歌词则只是一首诗。

想要小说精彩，必须同时拥有引人入胜的情节和人物。你必须要明白无误地认识到这一点，否则你不必花时间读完本书。

作为情节至上的小说家，你必须认识到花工夫去塑造真实可感的人物至关重要。人物的重要性与间谍打入敌人老巢这样的情节不相上下。为了设计惊险的情节，你愿意花上好几天、好几个星期，不是吗？把同样的精力也花在塑造人物上吧，你会收获很多。

人物至上的小说家们，你们则要相信想出一些有趣的事情让你们的人物去完成，这并不意味着你就成了通俗文化的媚臣。设计一个令人满意的、紧凑的故事结构并不会流于程式化。如果你不肯花心思搭建故事框架，就没人乐意认识你的人物。有人物又有情节，你的故事就会轻快地跳跃且紧扣主线。

我知道你有长处也有不足。你正是意识到了这一点，否则你不会拿起这本书。我很高兴你愿意行动起来对自己说："好吧，这是我的弱项，我打算看看你怎么说。我是来学习的。"

本书《情节与人物：找到伟大小说的平衡点》的闪光点在于它为

两类小说家提供指导。

人物至上的小说家将会发现，一个充实的情节结构会让她故事中的人物极大地丰满。她的人物将会在坚实的情节背景中得以完美呈现。而情节至上的小说家笔下将同时兼有生动可感的人物和跌宕起伏的情节，为此找到创作的乐趣。她的情节因为令人难忘的人物发展而在读者内心深处得到深沉的回响。

啊，多好的事啊！

这本书也许无法掀起一场颠覆世界的革命，但它会让你的小说变得耐读、畅销。

## 关于我

我不知道你们是怎么样的，反正要是我自己开始读一部非虚构的书，我很想知道写书的人是谁，他究竟有几斤几两竟敢冒充权威。如果我真正在意我阅读的这本书，我非要知道作者的资质不可。所以，我来说说我自己。

1994 年我开始涉足出版业。当时我拿到人生中第一份出版合同，写一个关于技术恐怖小说的三部曲。写作完成后，我进入出版我的小说的公司任编辑。编辑工作一直做到 2002 年，我成为自由作家，拿到了第二份写作三部曲的合同，这次是写军事恐怖小说。

后来我到另外一家出版公司任职，在那里开设小说部门——特别针对科幻小说。其间我依然在独立写作，并与他们合作写一些非虚构的书。2005 年，我来到第三家出版公司，负责小说出版部门。

在我的职业生涯中，我对各种小说类型都来者不拒：历史小说、鸡仔小说、南方哥特式小说、警匪恐怖小说等等。但在内心深处我总是对怪诞的小说非常着迷。所以我尽力搜寻科幻小说和其他非主流的小说，我的事业即是建立在此，我编辑出版了一些非常畅销的推理型小说家的作品。（如果本书中使用的例子大多来自《星球大战》，而不是《呼啸山庄》，希望你们能原谅我！）

1999年，我参加了一个小说家研讨会，自那以后我就爱上了教授小说写作。我之前从没参加过研讨会，在那次研讨会上我讲授的内容是小说的连续性轨迹。那真是一次令人难以置信的体验，从那以后我就对小说欲罢不能了。

后来每年的小说家研讨会我都去授课。我在网上开办了一个小说写作技巧的每周专栏，并将上面的内容汇集成我的第一部写作书《写作基督小说的艺术与技巧》。我还开发了一些为写作提供帮助的产品，如交互系统“如何找到你的故事”和“情节至上型小说家如何塑造人物”。

现在你拿在手上的这本书，是我吸收并丰富了之前的成果，才建立起的一个全面的模型，以帮助你在丰满的人物和精彩的情节之间找到完美的平衡。

## 三幕剧

《情节与人物》分为三个部分。第一部分“令人难忘的人物”带领你根据我的详尽的系统来创造现实可感的小说人物。第二部分“精彩的情节”告诉你如何让你的人物在精彩的情节中穿梭跳跃。第三部分“情节与人物”教你如何将人物与情节整合在一部小说里。

既然你已经知道了你属于哪类小说家，也许你想直接翻到你需要弥补或提高的部分。你当然可以这么做，但是我还是希望你将此书从头读到尾。这是一个相互关联的系统，每一条原则的建立都是基于前一条。要真正运用这些金科玉律，你需要完整地阅读。也许你在你本来已经擅长的领域还能看到有意思的东西，它也许可以让你更上一层楼。

## 幕布开启

欧文·伯林对那首让他一夜成名的歌曲做出过如下评论：“旋律

让美国人和一部分欧洲人的脚后跟和肩膀动起来。歌词虽然有点傻，但一切都很对味。”

不论你是情节型小说家还是人物型小说家，你只拥有旋律。它确实可以让一些人的脚后跟和肩膀跟你律动。如果你仅仅满足于此，你的故事就永远唱不起来。你翻开这本书，说明你勇于改变现状。你愿意拥有另一半，而且你知道这并不容易，但你想要“一切都很对味”。

让我们开始制作一首完整的歌曲吧。

# 目录

## 第三部分
## 情节与人物

# 1

## 真的很重要吗?

你去问问职业网球运动员，她是希望拥有有力的反手击球能力，还是坚硬的额头就足够了。问问音乐家，是只能唱好还是只能演奏好乐器，还是两样都拿手会对他的事业有帮助。问问医生，或者直接问病人，外科大夫的态度温柔就可以了，还是大夫又温柔医术又精湛比较好?

想想那位传奇的演员詹姆斯·厄尔·琼斯，他为《星球大战》中的黑武士达斯·维达和《狮子王》中的木法沙配音。琼斯天生拥有一副动听的低沉嗓音，然而人们不知道的是，五岁时琼斯患有严重的说话障碍症，口吃严重到他拒绝说话，他这种官能性的缄默一直持续到高中。到了大学，琼斯终于找到了自己喜欢做的事情：表演。他可以一直沉默下去，但是那样他将永远无法实现自己选择的梦想。

你也是如此。

我完全相信你在某一方面很有天赋，要么是对故事有强烈的感觉，要么是对人物有各种想法。我见过的所有小说家都至少有一项得以立身的本事，毫无例外。必然的情况是你有强的一面便一定有弱的一面。

你感觉到光有擅长的一面还不够，作为一个小说家不能忽视自己的弱项，于是你才拿起我这本书。我为你的勇气鼓掌。大多数人不愿意花时间去加固下陷的地基，他们认为目标难以实现，因而畏缩不前，或者他们压根不觉得自己有问题。你跟他们不同。

## 人物至上与情节至上

一位高尔夫球手老是打不进球，但他还是给我们表演了一整场不是吗？他也许拿不了任何一项锦标赛的奖项，但他在击球的瞬间还是能引起摄影师的关注，这就够了。所以，真的有那么重要吗？

我估计你不赞同。你不想只拥有一部分能力。你想把奖杯捧回家。

我们来看看两类小说家。

### 人物至上的小说家

一位小说家天生具有创造奇妙**人物**的能力，她的小说中有各种令人着迷的人物和精彩的对话，这样就能满足读者了，是这样吗？我们读小说不就是为了认识有趣的人物吗？

根据以上的理论，我们遇到了这样乏味的段落：

> “所以你觉得一切都是上天注定，是吗？一个人没有选择权？”他用手背抹了抹嘴巴。“当初你决定来，为了布丽安娜，为她和婴儿——这是你的决定对不对？是你想这么做的？”
>
> “我……”罗杰住了嘴，双手紧握放在大腿上。《格洛里亚》的废话的味道似乎突然盖过了烧柴的气味。他松了一口气，笑了笑，“一下子成哲学家了？”
>
> “啊，是的，”弗雷泽的语气平和了一些，“我可没时间干那个。”赶在罗杰开口前，他继续开讲，“如果没有自由选择权……那么就没有罪恶或救赎，对吗？……我们选了——克莱尔和我，我们可以制造一起谋杀，我们可以杀一个人；但是库勒登的血债

要算在我们头上？我们可以犯下罪过——但是这罪过会找上门来？”

“当然不是。”罗杰站起来捣鼓柴火，显得焦躁不安。“库勒登的事——不是你的错，怎么可能怪到你头上？莫里、坎伯兰，所有的头头都参与了……这不是一个人的事！”

“所以你觉得这一切都是注定的？我们从出生的那一刻起要么被诅咒，要么被拯救，什么都改变不了？你这个牧师的儿子！”弗雷泽干笑了几声。

“是的，”罗杰回答道，感到不自在和说不清的怒气。“不，我的意思是，我不这样认为。这不过……好吧，如果某件事已经按那样的方式发生了，它怎么可能还有第二种方式？”

“只有你认为它已经发生了。”弗雷泽指出来。

“我不这样认为，我知道！”

“嗯。好啦，因为你是那一边的；它藏在你身后。也许你不能改变什么——但是我可以，因为它还在我前面。”

——戴安娜·加巴顿：《血十字》

从某一方面看，这段对话还算可以。我们能感觉到对话双方有着迥异的性格。俏皮的逗乐，你来我往。但是……什么也没发生。

请读一读下面这条来自亚马逊的读者评价：

当我在读这本书的时候，我一直想弄明白它为什么那么乏味、那么难读。我读过很多书，每天晚上都读。要是我能读完詹姆斯·米切纳的小说，别的小说就不在话下……对我来说最明显的问题是对这本书我没有产生一种想读下去的感觉：“不读完不罢休，接下来发生了什么？我读得太慢了。”……问题究竟出在哪儿呢？……情节？也许这是所有的问题所在。该书的情节糟糕、令人生厌，或者说根本没有情节。

我没有地方在这里引用小说中大段大段描写人物每天面对生活中细枝末节的内容，比如教养小孩、煮咖啡、在森林中发现各种杂草。另一位读者评论道："这本书剩下的部分就是关于主人公在一段时间内平淡无奇的世俗生活的各个方面，喋喋不休，琐碎恼人（虽然都是用心写的）。"

这么说吧，这本小说有好的人物，文笔也不错，但就是什么也没发生，令人昏昏欲睡。得到这种结果是因为你在人物上得了 $A^+$，而在情节上却只得了个 F。

你对你的写作是否有同样的感受？你知道你有优秀的人物和精彩的场景，但是你预感无事发生。更糟糕的是你不知道该怎么办。你想是不是该加点次要情节或绑架案之类的，或者……我知道啦：再来一个新人物！你以为自己抓住了救命稻草，问题解决了。于是你的小说越来越长，再也找不到回来的路。

## 情节至上的小说家

也许你是一位情节至上的小说家。你不费吹灰之力就能为你的情节找到归来的路。实际上，没有哪个人物能从你错综复杂的情节中逃脱出来。情节至上主义者以泰山压顶之势从一个情节点马不停蹄地推进到下一个情节点，他们挥舞的魔法鞭可以迫使人物做出一切符合情节需要的事情。

$A^+$的情节与 F 的人物会制造出什么呢？于是我们有《绝岭雄风》、《火星任务》和《非常人贩 2》以及迈克尔·克莱顿的《侏罗纪公园》之《失落的世界》中的人物列文。

小说中，有好多页这个人物都在谈论维护失落的世界生态原初性的神圣使命。他是一个细心严谨的科学家。例如下面这段来自叙述者的评价：

聪明且吹毛求疵的列文，沉浸在过去，沉浸在早已消失的世界里。他以极大的热情研究这个世界。他过目不忘的记忆力，他的傲慢自大、尖锐的言辞，还有指出同事错误后不加掩饰的自得都是他的标签。一位同事说过，“列文记得每一块骨头，而且他会逼迫你也记得。”

野外研究员不喜欢列文，列文也以同样的态度回敬他们。他熟知每一种野外生物，他最高兴的事就是泡在博物馆里。

——迈克尔·克莱顿：《失落的世界》

吹毛求疵，对别人的错误穷追不舍。不错，这已经有了一部分人物的轮廓。但是问问你自己，这个人会做下面这样的事吗？

索恩耸了耸肩膀，他还是什么都没看到。列文站在他身后，正吃着一块能量糖果。因为太专注于望远镜，糖果的包装纸掉在了兽皮地毯上，纸片在地上微微颤动着。

“味道怎么样？”阿比问道。

“还行。稍微有点甜。”

“你还有吗？”他问。

列文翻遍口袋找到了一块。阿比把它掰成两半，一半给了凯莉，将留给自己的另一半则仔细地包起来，小心地放进口袋。

——迈克尔·克莱顿：《失落的世界》

列文做了什么？这个痴迷于如何将人类对自然的影响降到最低或零的激进科学家/活动家，他在小说中唯一展现他真实性的地方竟然是往地上掉了一张糖纸？这难以置信，太不合理了，对这个人物来说是完全错误的。

但是你懂的，作者得找一个理由让恐龙吃掉列文啊。

这就是所谓的**人物为情节服务**。我在研讨会上通常都会举这个典型的例子。没有人在乎人物会不会做出这样的事情，反正一切为了情节！

你笔下的人物是不是都有你的影子？我知道我们创造的人物或多或少是我们自己的投射，但这不是我要说的重点。你的人物在性别、动机、背景、种族、外表等方面与你不同，这还不够。你是否感觉到在言行和思维方面，你的人物要么就是很像你，要么就仅仅是程式化的人物？

这里有一个测试：如果你提到你的人物时，会用“那个女孩儿”、“那个老板”、“那个胖子”和“那个坏蛋”来指称，那么很可能你是情节先行者。如果你不小心弄错了你的两个人物的名字且没有人能发觉，那么你就很可能是情节先行者。如果你发现自己轻易就能让原来该麦克干的拆炸弹的活换成让弗莱德来干，那么你就是情节先行者。

有什么关系呢，对吧？这是一个好故事。读者被逗乐了。他们永远不知道接下来会发生什么，等他们发现了，他们觉得那是自然而然的。还能要求什么呢？有很多成功的小说家和电影制作人就是主打情节牌，比如《第一滴血》。

你听过美妙的音乐。你不满足于纸片一样单薄的人物，否则你不会拿起这本书。尽管你知道要创造好人物，就像设计精彩的情节一样很难，但是你很清楚，如果你付出努力，你的小说将达到一个新的高度，所以你愿意付出努力。

## 做好准备迎接挑战

事情不会那么简单。不论你是情节型小说家想要学习创造多样的人物，还是人物型小说家想要学习设计丰满的情节，做你天生不擅长的事情肯定不太容易。

我还在上学的时候，每门课都能拿A，直到碰上外语课。上高中学法语时我就觉得很难，我突然尝到在班上垫底的滋味。上大学后，我又被迫要学习外语。我想自己恐怕不会在拉丁语系有所作为，所以我花了两年时间来学习俄语，勉勉强强得了个$B^-$。为了这个$B^-$我付出的努力比那些拿A的同学还多。总之，这个对我来说太难了。

这跟写作不擅长的部分是同样的道理。让写情节拿手的小说家去创造人物确实不易，反之亦然。在薄弱之处着力，你会感觉是在用脑袋撞墙。你需要付出的努力可能真的会伤到大脑，就好像你的大脑中有个肿块之类的东西，还是不碰为妙。

《情节与人物》可以教你写作情节与人物二者之间平衡的小说而无须进行脑部手术。也许你会觉得很困难，但这不是不可能的事情。而且我敢向你保证，你的痛苦绝对比不上我那两年学俄语的痛苦。

## 农场主和挤奶工可以成为朋友

文学评论家希望我们相信靠人物驱动的小说优于靠情节驱动的小说，那样的小说才值得摆上书架。他们欣赏简·奥斯汀、安妮·泰勒、J. D. 塞林格，看不起丹·布朗、哈利·托特达夫和其他无数推崇情节的（通常是畅销书的）小说家。

人物为主的小说和主打情节的小说，到底哪一种更好？我认为它们都好。

关于圣杯的小说完美地实现了人物与情节之间的平衡，既有令人难忘的人物也有惊心动魄的情节。读者关心人物的命运，被情节牢牢抓住。

我最近给我十多岁的女儿介绍了一部电影《卡萨布兰卡》。这部电影打破了平衡。它是由人物驱动还是由情节驱动的呢？看上去似乎是由人物驱动的多一点，可是如果电影中没有德国纳粹步步紧逼的追捕，如果维克多·拉斯罗没能逃脱希特勒的爪牙之手，是什么在推动故事向前发展呢？悬念从何而来？赌注是什么？没有法西斯分子，他们不过就是一群坐在一起享用弗拉里先生美味咖啡的有趣人物。

再举一个伯纳德·康维尔的《冬之王》。这是一个关于亚瑟王的传奇故事，故事发生在罗马帝国灭亡后古老的英格兰。亚瑟王、梅林、桂尼薇儿，还有德福（叙述人）都是精心塑造的人物。但是如果不需要统一撒克逊就没有仗可打，这个故事就会失败。正是冲突和史诗性的行动定义和推动着这些人物。没有行动，他们就无法成为英雄。

在我自己的系列小说《行动：火把》中，一群人在世界各种危险地区秘密实施高科技手术，他们之间的关系和发生在他们身上的故事错综复杂。我尽力平衡人物和情节。

写第一部《行动》小说的时候，我面临着巨大的挑战。我这样一个情节至上的小说家且已经写过由情节驱动的小说三部曲，可以写好一部由人物驱动（或至少是靠人物**影响**）的系列小说吗？我能够创作出立体可感、令人信服且难忘的人物吗？我可以完成一个人物能符合其性格特征的故事吗？我会牺牲某个人物以求为情节服务吗？

我在写作过程中学到的东西就是现在这本书的基础。我发现一位情节至上的小说家如果激发得当，是可以学习创造强有力的人物的，这个人物的性格不会因为情节而扭曲。后来我同样认识到，人物至上的小说家也可以写出激动人心的情节。

诀窍在于要教会两类小说家如何运用他们本身擅长的技法来弥补各自的弱项。

所以人物驱动型小说家是通过**从主要人物身上找到故事**来学习设计情节的。情节至上型小说家是通过**发现主要人物发生变化的情节**学会创造有现实感的人物的。

这就是我打算在这本书里教授的东西。我希望你能从头开始读，不要直接跳到你觉得自己最需要读的地方。这本书由两个主要部分构成，它们相互联系，不能被单独抽出来。

本书第一部分是人物至上型小说家熟悉的领地，因为我是从主要人物的心路历程出发的。人物所经历的无论是华丽或是悲剧的转变，是人物至上型小说家心之所至。情节至上型小说家会发现这个部分也是坚实在理的，因为我是用情节来展现人物的内心之旅，并清晰地定义了每一个路标。

接着，我们会来到设计情节的部分。两类小说家都会觉得宾至如归。人物至上的小说家不会觉得受到威胁，因为情节是主要人物心路历程的外化，故事就是在一步步展现人物的真我。情节至上的小说家来到他们感到自在的领域，他们会突然意识到"人物这玩意儿"实际上是在帮助自己完成情节并达成小说的最终目标。

情节至上的小说家用情节来创造优秀的人物，人物至上的小说家用人物来设计精彩的情节。每个人都是赢家，都令读者满意，大家都不需要离开自己的安全地带去冒太大的险。

## 关于男性与女性小说家

也许你从我刚刚举例的小说家中发现了一个规律。大部分情节至上型的小说家是男性，大部分人物至上型小说家则为女性。

虽然有些老生常谈吧，但是总的来说，女性对人以及人与人之间的关系更感兴趣，男性通常更关心正在发生的事。女人喜欢聚在一起聊天，男人却愿意一起去做一些事情。

这种老套刻板的印象有其局限性。就拿我和我妻子来说，我们刚好调换了这种男女角色。我喜欢说，她愿意做。想让她谈谈自己的感受真是一件很困难的事情，而我却很喜欢跟每一个人表达我的情感。

老套刻板的男女区分对男女小说家也不适用。我在写作研讨会上教课的时候，请学员举手示意自己所属的小说家类型。人物至上的小说家中通常75％是女性，25％是男性。而情节至上的小说家则相反，75％是男性，25％为女性。

我们的汤姆·克兰西多过约翰·欧文，诺拉·罗伯特多过多萝西·莱辛斯。

如果你是一位先有情节后有人物的女小说家，或者你是一位更倾心小说中的人物而不是小说本身的男小说家，这都没有关系。无论男小说家或女小说家，人物至上型或情节至上型，这本书都会帮助你弥补你天生欠缺的技能。

## 冒险开始

承认你需要帮助没有什么好羞愧的。真正应该羞愧的是你拒绝得到帮助。

就算你罚球一罚一个准，但如果你不能运球过人，你这辈子都别想进国家队。就算你演奏圆号的手指超级灵活，只要你吹得不在调和节奏上，你也休想进爱乐乐团。

我们先从塑造人物开始。即使你本来就擅长人物塑造，我还是希望你不要跳过这个部分。我有我关于人物塑造的系统方法，和别的书或你知道的方法不太一样，也许你会喜欢我的方法。

如果你是情节先行的小说家，这就是你打起精神、撸起袖子大干一场的时候了，因为你很快就能把你写作生涯的短板给补上了。

每一位小说家都可以因为实现完美人物和精彩情节之间的平衡而成为更优秀的小说家。那个时候，你的小说就真正被“唱起来”了。

# 第一部分 令人难忘的人物

《情节与人物》关注如何塑造有用的人物和故事，而不是关于它们的理论。如果你按照本书建议的顺序读下去，到结尾时你就能拥有生动难忘的人物和围绕人物的精彩故事。简单来说，你会拥有独立写作一部小说的所有东西——包括你之前从未拥有过的。

本书的写作系统，一切都依赖于主要人物。情节是从人物展开的，小说类型、背景和时代皆是为强化人物而设置的，所以我们从塑造人物开始。（第一部分将讨论三到六种主要人物，他们兴许就是你小说中男女主人公的候选人。）

“第一部分：令人难忘的人物”借用《怪物史瑞克》的名言——“妖怪就像洋葱”——来谈塑造人物。小说的完美人物就像洋葱，他们是有层次的，下图即展示了塑造主要人物的层次：

**人物分层**

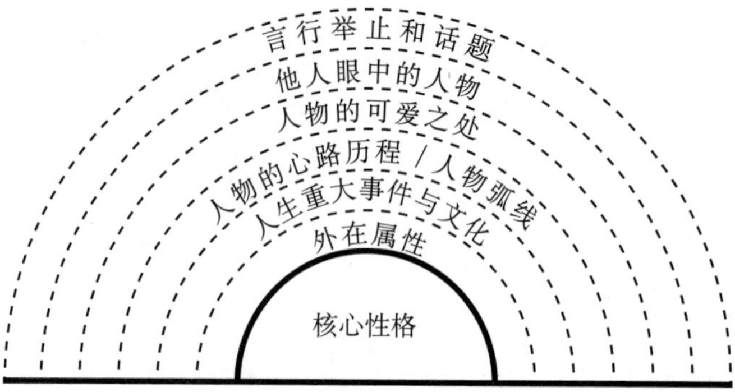


上图揭示出对任何一位全面展开的人物而言，最重要的是其核心性格，这是我们第 2 章要谈论的内容。

但是要使你的人物差异化并现实可感，仅有核心性格还不够。我们还需要添加层次。正是这些层次将核心性格相近的人物区分开来。也许两个人物拥有相同的基本性格，但是他们在其他层次上的表现有所不同。如果你的分层工作做得好，一般人是看不出他们竟然拥有相近的核心性格的，除非有进一步的了解。

**与小说最相关**的是人物的心路历程。首先我们要找到人物的核心性格，接着我们要为他的核心性格做些点缀装饰，追寻人物性格发展弧线的每一部分。到第一部分结尾，你也许就迫不及待地想推出你的人物啦。

在你通读第一部分时，请准备好纸和笔（笔记本电脑也可以）。你要开始一步一步创造你的主要人物了。

# 2

## 核心性格

你会不会跟另一个人极其相似，以至于连你妈妈都说不出差别？

我看不太可能，即便是在基因水平上如同克隆出来的两个人也会有区别。你观察得越细致，就越能发现差别。没有两个人会是完全一样的。

为什么我们却在小说中看到很多雷同的人物？为什么那些人物缺乏变化和新意？

当然了，这些人物从外表上看是不同的。男人、女人；老人、青年；黄种人、白种人；这个人长头发，全身上下各种纹身、穿洞，那个人是剪了平头的唱诗班男孩……但这些都是外在的东西，他们在性格上毫无区分。理想的情况下，外在的东西应该是性格的**表达**，他们不应该是相同的人物。

人物的态度也应该是不同的。有些人很刻薄，有些则很好相处；有人总是焦虑不安，但有些人总是轻松自在；有些人很严厉，有些人则比较宽容。

或者动机不同。有人觊觎他人的职位，有人却安于现状；有人渴望生个宝宝，有人却巴不得摆脱九个孩子的喧闹。

有时候你看到作者希望通过语言来塑造人物：冲浪小子、矮骑手、粗鲁的壮汉、弄潮儿、乡巴佬。

“呸”来“呸”去的语气词并不能为人物**性格**加分——无论是在小说中还是在生活中。

我在小说中经常看到老套的人物。老人就是和善的，年轻人就是叛逆的，大凡政客都是大腹便便、作风淫乱的，军界人士则手段强硬、独裁霸道。

就算你有一个怨气很重、红头发、带着澳大利亚口音的荡妇，野心勃勃要一路睡上公司高层，你还是不一定能拥有一个真正的人物。

如果你没有为人物找到核心性格，那么他们在你的小说中很可能**看起来都是一样的**。在小说家看来，一位性格温和、有口吃的前海军陆战队队员，渴望靠最少的钱过活，当然跟荡妇截然不同，但是士兵因为缺乏贯穿始终的核心性格，在读者看来也许跟荡妇没什么两样。他也可以跟骗子、恋童癖者、邮递员或联邦快递的送货小弟看起来差不多。

如果没有找到真正属于某个人物的核心性格，再多的外在装饰也无法掩饰人物的空洞。如同身穿华服的假模特，脱下衣服后，只剩下空壳，再换上另一套衣服，也仍然只是个任穿任脱的衣服架子。

这些人物所缺乏的，你的人物用以区分其他人物的，就是核心性格。

## 深入问题本质

当年我为我的小说《行动：火把》设计一系列人物时，说实话，我是有些恐惧的。

我给自己找来多少麻烦啊！我不知道该怎么塑造不同的人物！好好想想吧，杰夫，你打算如何让他们看起来不同？一般是谁在研究人与人之间的不同？心理学家。对！我马上跑到书店的心理学书架查找关于性格分类的书。心理学家最应该知道人行事的动机和人与人之间的不同。等等，我自己也做过性格测试，让我先来看看性格测试。

我在书店找到一本重量和价钱完美匹配的书。这是一本研究性格的书，书名叫作《请理解我Ⅱ》，作者是大卫·凯尔西。虽然这不是一本为小说家量身打造的书，但是小说家们可以从中获益匪浅。书中凯尔西运用了麦布二氏制定的人格类型量表[①]。

和其他基于麦布二氏人格类型量表的心理学书不同，《请理解我Ⅱ》描述了不同人格在很多方面的具体表现：职场、婚姻、兴趣爱好、教育小孩、沟通等等。凯尔西列出了很多细节，包括每一种类型的人的抱负、语言的使用、擅长何种职业、哪两种类型的人性情相投从而在情感关系中是最佳组合（或最配对）。这些分析对小说家们来说真是一大笔财富。

麦布二氏人格类型量表将所有人格分为四个大类，每个大类之下又细分为四个小类，因此有十六种性格类型。这些性格类型为我们学习塑造人物提供了灵感。

你用不着通读《请理解我Ⅱ》或透彻研究麦布二氏的人格类型量表。你只需为人物的核心性格找到一个基础模型即可，而整个系统正是依赖于这个模型。

还有其他对小说家们有帮助的性格类型研究，比如维多利亚·施密特的《经典人物原型45种》、琳达·埃德尔斯坦博士的《性格特征写作指南》。

你也许对以性格类型为基础塑造人物不太感兴趣，甚至质疑使用了类型库中的人物就无法使自己的人物具有原创性。

回忆一下前面那张人物分层图。一种人物类型表明一种核心性格，然后你为这个人物添加各种层次，使之鲜活。接下来你将看到，

---

① MBTI全称Myers-Briggs Type Indicator，是一种迫选型、自我报告式的性格评估工具。由美国的Katherine C. Briggs和Isabel Briggs Myers母女共同研制开发。麦布二氏人格类型量表已经被翻译成近20种世界主要文字，每年的使用者多达200多万，其中不乏世界500强企业。——译者注

按本书的方法塑造人物，即便他们属于相同的性格类型，依然是不一样的。

## 性格类型

那我们就正式开始吧。创造人物的第一步就是选择一种核心性格。假定你是在创造小说中的主人公，创造主人公的方法当然也适用于创造小说中的其他主要人物。你不必对小说中的每个人物都用这种方法，用在三到六个人物身上就可以了。

任何一种性格测试都可以帮到你。我用的是麦布二氏的性格测试，而且我强烈推荐《请理解我Ⅱ》作为提高小说创作技巧的工具书。

我们先简要地学习一下麦布二氏的人格类型量表，看看该为你的人物选择哪种核心性格。当你在读不同性格的描述时，请在头脑中想象你打算创造的人物。哪一种性格更接近你的人物？提醒一下，你可不要读着读着就变成测试自己的性格了（或者你干脆认真测一次，这样就不用老想着了），明确你的目的，你是要为人物找到核心性格。

麦布二氏人格类型量表把所有人格类型划分为四种非此即彼的性格构面。比如说，一个人要么是外向的，要么是内向的，这是其中一种。另外三种是理性或直觉、思考或感受、判断或意识。

为了便于研究，在下面分别列出且用大写字母表示：

- 外向（Extrovert，E）或内向（Introvert，I）
- 理性（Sensing，S）或直觉（Intuition，N）
- 思考（Thinking，T）或感受（Feeling，F）
- 判断（Judgment，J）或意识（Perception，P）

根据这个系统，每个人都有自己的一面或几面。有人可能是外向的、理性的，且善于思考和判断（ESTJ），有人则是内向的，侧重直觉、感受和意识（INFP），等等。四种构面交互形成十六种性格类型。

这就意味着有十六种核心性格，但并不意味着小说中的人物只有十六种类型。要是我在第一部小说里能拥有十六种不同的人物，那该有十六倍的成功啊！

## 十六种性格类型

下面简要介绍麦布二氏的十六种性格类型。因为篇幅有限，我在这里介绍的只是大概。我建议你按图索骥去查看更详细的资料来帮助你选择人物的核心性格。

- INFP——赞叹世界总是充满了奇迹，戴着玫瑰色的眼镜看世界；工作一定要有意义；理想主义者。
- ENFJ——做事有条理、有决断；工作中重视人际关系的和谐；感情充沛；能看到他人的潜力。
- ISFJ——善于观察他人；具有强烈的服务他人的热望；经常抢占先机；有责任心。
- ESTP——包容、灵活；行多于言；实干家；主动性强；冲动；好强。
- INFJ——敢为正当的理由付出行动；善于洞察他人；能记住对自己重要的人的特质。
- ESTJ——人群中自立为管理者和引导者；强调事实大于意见；重视尝试和真相；务实。
- ENFP——有想法的人；温暖热情；喜欢有变化和带有试验性的工作。
- ISTJ——安静周密，可靠；总是试图弄清楚每一件事；对错误锱铢必较；看上去比较冷漠。
- ESFJ——慷慨好客之人；喜欢节假日和特殊时刻；天生的领导者；优秀的代表；擅长鼓励他人；合作者。
- ENTP——独创性强；坦率；厌烦惯例和常规；喜欢突破现状；

促成变化的第一人；聪明；敏锐。

- INTP——极度在意保持逻辑思维的连贯性；天生的有创造力的科学家；事事寻求合乎逻辑的解释。
- ENTJ——善于组织团队以完成任务为导向；目光长远；总是处于领导者的位置；能发现低效率之处并设法补救。
- INTJ——创立系统的人；既有想象力又可靠；天生的战略家；善于长远规划；独立，具有原创精神。
- ISTP——不愿把精力花在小事上，只有在大事上愿意百分百投入；解决“重大问题”的人。
- ESFP——生气勃勃；外向；热爱生活；享乐主义者；派对动物；钻头觅缝；对一切“新”东西感兴趣；善于抓住机会；健谈。
- ISFP——敏感；有同情心；在意别人的感受；情绪化；安静；和蔼；不喜欢冲突；需要自己的空间。

## 如何选择人物性格

读完这些性格描述后，我希望你已经为人物找到了一两种合适的性格。继续读一读《请理解我Ⅱ》和其他的相关书籍吧。

当我要创造一个新人物时，我求助于《请理解我Ⅱ》。该书作者把这十六种性格类型划分为四大类型组。我先阅读四大类型组的总描述，这样我通常可以大概知道这个人物的性格轮廓。

接着我深入阅读四大类型组中我选择的那组。一直读下去，内心的选择判断一直在进行，有个声音在告诉我：“不对，这不是她。”如果读到的性格描述很对胃口，那么人物的性格轮廓将会越来越清晰。有时候有那么一两条描述让我忍不住欢呼起来：“对！就是她！”

无论是使用麦布二氏的模型还是其他的研究类型，读一读总的描述会帮助你缩小搜寻人物性格的范围。然后你深入挖掘更多的性格特点直到找到适合你的人物。

一旦我找到了对应的性格类型，我就开始为这个人物做笔记。你也许不会这么做，但我喜欢写下来，看看究竟是哪种性格特质与我和我的人物产生共鸣。我暂时还不知道我将在情节中如何运用这个性格特点——我甚至还不知道我的情节是什么！但我知道我想在这个性格特点上做些文章，因为这是这个人物最本质的、最有诗意的性格特点。

如果你是一位情节至上型的小说家，如果你体会到了如禅宗顿悟般的快感，你奇怪自己之前怎么会对人物如此缺乏思考，那么你就上道了。

我之前说过，如果你完全跟随这个系统，你最后得到的人物即使属于同一性格类型也不会是相同的。那是因为每次你通读性格描述时，脑海中都有不同的人物。举例来说，如果你想为小说中的母亲形象找到核心性格，性格描述中与你脑海中的形象一拍即合的不可能是你下一个打算塑造的越战中尉的形象。

## 使用你自己的性格

如果你和大多数小说家没有什么不同，那么你在创造人物时自动地加入你自己。这么做很自然，完全可以理解。

但是我建议你不要把自己的性格特点加载到主要人物身上，至少在你最初使用这个性格量表系统的时候。

把自身的性格特点加载到主要人物身上的问题在于，你并不能真正认清自己。在关于你是怎样的一个人的问题上，你恐怕是这个星球上最不客观的人了。你也许觉得自己是外向的、风趣的，但在别人眼中你很可能是个反社会的坏蛋。（我在开玩笑，但你明白我在说什么了吧。）

如果你对自己的认识不够清楚，没关系，因为大多数人都无法认清自己，我们一起来正视这个问题：怎样塑造基于自己性格的且具有内在连贯性的小说主人公？要解决这个问题，最大的盲点是你如何认定自己的性格。

如果你非要用自己来充当小说主人公，那么先去研究一下前面讲过的性格类型。确保你依照性格类型的通常行为方式行事，即便平时的你不会那么做。即使你不这么做，人物内在的连贯性也会使他躲着你，你甚至不知道你在何时与人物分离，你得花多大的工夫重新与人物汇合。

还有，如果你已经决定主人公拥有你自己的性格，那么书中的其他人物就不能再有相同的性格特征。打个比方说，你要为你的主人公建一个隔离圈，不要让他/她一不小心变成小说中的其他人物。我们这些情节至上型小说家已经很清楚怎么把我们的人物们弄得看起来差不多，而我们需要学习的是怎么让人物们看上去不同。

## 开始分层

如果你还没有为你的人物选好性格类型，那么现在就马上完成这一步。本书后面的内容都是建立在完成这个步骤的基础上。

如果你在两种性格类型之间犹豫不决，先选一种，试试看。如果你就是觉得不对劲，**这确实不像她啊**，那么从头开始，再选另一种。

必要的时候，你可以为你的人物叠加两种或两种以上的性格类型，因为现实中的人有时会显示出两种或两种以上的性格特征。但是性格类型叠加会增加读者认识人物的难度，她到底是个怎样的人，会怎样做。我不建议你结合多种性格类型，至少在你初次使用本书的方法来塑造人物时。

在你为人物选定了性格类型之后，再仔细阅读关于这种性格的具体描述，边看边记录下这些细节描述带给你的灵感。要记录这种性格的人在公开场合如何表现，她渴望什么，希望他人如何看待她，她看重什么，她和什么性格类型的人相处融洽，什么人又能激怒她，她的事业追求是什么，在家庭关系中她将会成为什么样的妻子和母亲。

你要尽全力记录下各种可能在小说中发挥作用的性格特征。也许不会全都用上，但是它们能逐渐拼凑出关于这个人物的完整轮廓。

就好像你装备了一个人物的数据库，随着你写作的进行，你可以随时从中调取你需要的东西。一旦偏离了这个人物的核心性格，你可以再来看这些笔记，看看最初对这个人物的设计，重新将她找回。

我们学习塑造人物是以找到人物的核心性格为起点的。在没有确定人物的核心性格之前，先不要进行下一步。你总会找到的，灵感可以来自你参加派对或跟人谈话。当你真的确定了人物的核心性格，你就可以开始为她添加层次。

在本书第一部分的余下内容里，我们不仅要在核心性格的基础上添加层次，还会回溯核心性格是如何在不断添加的层次中予以**表现**的。所谓的其他层次不过是你要烹饪的那块肉的调味品，不论那块肉是鱼肉、鸡肉、猪肉、牛肉、羊肉还是章鱼肉。不管你放了什么佐料，肉还是那块肉，本质的东西是不会变的。味道有多奇特那是下一步的事。所以，找到核心性格是第一步，然后看它如何在其他层次中自我表达。

# 3

## 生理与自然属性

在现实生活中，我们在接触陌生人的时候，首先注意到的是外貌特征，性别、种族、年龄、身高、体形、发型、穿衣风格、吸引力等等。

在小说中，这些外在的东西同样重要。它们是用以区分有着相同性格内核的人物的要素之一。比如有两个具有相同核心性格的人物，一个是来自台湾的老人，另一个是来自纽约布朗克斯的少女。经过与他们俩长时间的交往，你也许能够发现他们相近的性格特征，但你不可能初次见面就立马发现相同点。

情节至上型小说家塑造人物的通常做法确实是从外貌特征开始的，然后，就没有然后了。没错，他是个蓄着阿米什胡子的高个子，她是个长腿的金发美女。光这么写无法创造真实可感的人物，但你也决不能忽视外貌描写。

描写外貌特征是在由外及里地塑造人物。上一章“核心性格”的内容可谓是由里及外。两种都很重要，这一章也不会止步于外貌。我们还要谈到自然属性——就像**天资**——出生的“意外”，比如原生家庭、在家中的排行、天赋与才能等等。

我们现在要讨论的是这个人物与生俱来的、在她成长阶段促使核心性格形成因而令她与众不同的东西。

在你阅读本章的时候，要注意最能表现人物核心性格的外貌特征。以下是使用麦布二氏人格类型量表的几个例子：

- 一个 ENFJ 性格类型的人物（极其注重条理性）在手腕处有一个纹身，这说明纹身所代表的东西对她很重要，她需要它一直“在手边”。
- ESTP 型的人物（喜欢突发奇想，好竞争）穿着最时尚的衣服，总是希望从他人口中得到对自己品位和风格的赞扬。

进一步要看这个人物的核心性格如何外化为“服装道具”和上帝赐予她的东西。举个例子，一个 ENTP 性格的人物（天生聪颖，具有创造性）来自一个非常贫困的家庭，他可能在星期天学会六种让旧车重新开动的方法，或是搞到免费的有线电视，或是像电影《吉利根岛》里面的人物那样用自行车发电。

现在你看到一切是如何从核心性格生发出来的了吗？我们不能像小猴子那样摘了西瓜就忘了玉米。我们要发现核心性格是如何被展现和调整的。

本章由很多小节构成，它们可以为你设计人物提供帮助：人物眼睛的颜色、健康状况、受教育程度等等。在你为人物挑选外貌特征时，要时刻记住你之前选定了的核心性格。

不要觉得你所选择的就是不可更改的。如果你选择给他的前额留下一道很长的刀疤，后来你又觉得像他这样的人应该早就去做整容手术了，那么回过头来修改它。这个过程是释放创造力的时候，让它紧紧地追随你的人物。

第一步，生理属性。然后我们会谈到天赋和后天教育。

## 生理属性

你的人物看上去是什么样的？为什么？

## 性别

可能你觉得这是最不需要动脑的问题了，但是稍微设想一番，如果把你最开始设置的人物性别调换一下，那会怎么样。酒吧里的女保镖？男保姆？也许会很有趣。

## 人种和种族

跳出明显的事实框框来思考。如果你有一个 ENTJ 性格的人物（喜欢将一切事情尽在掌握之中），若你设计她为少数族裔或属于被压迫的群体的一员，那么她天然的领导力将如何在种种限制下加以发挥？

还要考虑人物与种族联系在一起时的文化差异。他是一位西班牙的矮骑手，还是美国黑人说唱歌手，抑或亚洲科学家？当然我们现在是拿这些老套人物来开玩笑，你可千万别落入俗套。但是如果一个人物有着特定的性格特征和特别的抱负，他也许会是以实现小说某个目的的某一老套人物，那么你就更需要加强人物性格的展现，使之远离俗套的形象，这只是一个建议哈。

如果你的人物是高中生，你肯定得选一个型！运动健将、瘾君子、极客、滑板少年、恶人、老好人等等。这些群体中的成员会告诉你，组员之间性格各异，但是对外人来说，他们几乎没有什么不同。

不同人物的文化身份会对她产生什么样的影响也值得思考。她是否来自一个喧闹的、喜爱美食的意大利家庭？或者她是一个压抑的犹太人？她加班工作是因为清教徒的职业道德要求吗？她是否觉得是她的出身决定了她只能是穷苦白人？是什么文化价值和倾向影响了核心性格的表现？再次说明，一方面要避免人物落入俗套，另一方面确实要考虑不同文化对人物的影响。

这个人物是否因为自己的种族而倍感压力？压力是促使她卓越还

是将她击倒？这种压力是否成为选择某项工作的理由，或者她因为这种压力追求或避免某种类型的教育？她在活动、交友、择偶方面是否因为种族背景而受到限制？

这个人物对自己的种族身份是什么态度？她更愿意是种族圈子中的一员还是希望跳到圈外？种族问题对她来说究竟是不是个问题？

## 年龄

你的人物年纪多大？

回答这个问题要考虑到客观年龄和主观年龄之区别。比如说，一个男子的真实年龄是 42 岁，但是对于他的工作来说，他就“太老了”，顺便说一句，他是在冰淇淋店上班。

如果你设置的**某一种**核心性格是在**某一种**文化背景中生成的，那么在这种背景下，你的人物年龄应该是多大？

一个是医学上天赋异禀的神童，另一个是白发苍苍、重返校园的老人，你需要思考你的人物的年纪是否与他正在做的事情不太相称。大多数时候，人物的年纪是合适的，但有时不妨另作他想，也许会有不小的收获。

在面对各种选择的时候，不妨留个心眼：如果换一种选择是否能让这个人物更有魅力？

## 外貌吸引力

话说人不可貌相，可是我们还是会以貌取人。我们评价一个人当然会考虑外貌因素。漂亮的女人往往比不那么漂亮的女人获得的机会多。有缺陷的，特别是脸部有缺陷的人物，通常会让他人感到不自在，因而难以得到他们想要的东西。

这个人物有多么迷人？我在这里谈论的是客观的、生理上的吸引力，而不是她的心灵。在她所属的文化里，人们是怎么看待她、怎么回应她的？他们觉得她美丽吗？有多美丽？

生理外部的指标包括人物的身高、体重和其他指标。在这个人物所属的文化和时代中，他是否被认为是吸引人的？顺便说一句，大部分人都是不吸引人的，他们平淡无奇，甚至体重超标、打扮老土。所以，这个人物在他人眼中是怎么被衡量的？

进一步研究外貌对人物的影响。如果她知道自己外貌平凡，这对她的性格有什么影响？她会竭尽所能地做任何能增加她吸引力的事，甚至去做整容手术吗？抑或她根本不在乎？如果他魅力十足而且他深知这一点，那么他会利用他的魅力去得到他想要的一切吗？或者他为了追求公平而刻意把自己弄得很难看吗？

这个人物矫健与否？体重过轻还是过重？面黄肌瘦吗？当一只巨型怪兽朝他走过来的时候，他还能否保持优雅？

人物的姿态如何？她是不是弯腰驼背？脖子前倾，挺着肚子？

他走路的方式如何？他的站姿、走姿如何？

一个人的生理特征会对他的性格产生影响，甚至会对他想要的生活产生影响。女演员凯西·贝茨不会饰演天真少女，布拉德·加勒特演不了赛马骑师。我们在这个世界找到我们最终的位置或多或少要取决于我们的外貌。

有时候一个人改变自己的外貌是为了成为他想成为的人。她会为了好身材而疯狂健身。她会为了达成心愿（或消除恐惧）而接受整容手术。也许你的人物是一个女人，她无法控制身体发胖，成年后体重达到 300 磅。她不再是一个容易被控制的人（无论是字面义还是隐喻义），所以她的性格中有很顽固的一面。（但要避免把顽固作为唯一的性格特点。）

## 脸部、头发、眼睛和肤色

花一分钟想想这个人物的脸部。眼睛和头发是什么颜色？因为人种的缘故，你可能觉得这些特征差别不大，但依然值得思考。

你可以发挥思考的是发型。她为什么选择这种发型？长发还是短发，卷发还是直发，扎起来还是披着？发型时尚吗？鸡窝头、朋克风、80 年代复古，她的发型是哪一款？光头是自选的还是脱发不止的恶果？头发颜色本来就是这样，还是拜欧莱雅烫染系列所赐？

时刻记住人物的核心性格。一个 ESTJ 性格的人（此类人讲求务实）会怎么处理她的头发？很可能她觉得弄发型太麻烦。但是一个 ESFP 的人（非常外向活泼）则会尽可能地折腾发型，因为她有出入各种派对的需求。

人物所属的文化和他是否愿意融入自己的文化也是需要考虑的因素。

想想胡子吧（主要是说男性，但也不好说……）。艺术家型？山羊胡？羊排连鬓胡？灵魂补丁之下唇小撮胡？希特勒胡？山地人胡——垂到了胸口？不蓄胡？三天一刮胡？胡子的颜色和质地如何？颜色斑驳吗？像漂染过的金色？他留这样的胡子是想表达怎样的自我？

肤色呢？他是不是有一张像爱德华·詹姆斯·奥姆斯一样坑坑洼洼的脸，还是像奥兰多·布鲁姆一般光滑的脸？如果考虑人种，她的肤色跟同种人比起来是深还是浅？有没有雀斑或青春痘？伤疤呢？皱纹呢？这些东西会影响人物的性格。一个少年可能会因为满脸的青春痘遭到高中同学的欺侮，而这也许会给他的人生带来根本性的转变。

她是什么脸型？是那种带着异国情调的瘦长脸还是满月圆盘脸？颧骨高吗？下巴尖吗？有酒窝吗？是兔唇吗？眉骨突出吗？去一趟超市你就会惊讶世界上有那么多种脸型与你擦肩而过。为你的人物选一种吧。

## 着装与风格

你的人物打算以何种造型示人？即使是在科幻小说、历史小说中，作者也会对人物的穿着花不少笔墨，当代小说更不在话下。

他是想把自己打造成牛仔么？她穿成这样是要去自杀还是为了什

么？他是不是刚刚在衣服上洒了些香水？她是在 GAP① 购物还是在内曼·马库斯②，还是沃尔玛超市？她的整体装扮是否体现了优雅二字？他是不是一直都穿牛仔裤、运动鞋，即便是在正式场合？他是不是追求地狱天使的造型？

除了服饰偏爱和造型目标，还要考虑这个人物的塑造是否成功实现了其目标造型。他也许自认为是时尚界仅次于强尼·德普的人物，但实际上却土得不行。她本想向哈莉·贝瑞看齐，结果却落得个弗兰肯·贝瑞的样子。或者他歪打正着，造型与性格完美配合？是条纹格子控？有明显的色盲？对聚酯纤维衣物有特殊偏爱？

再考虑人物的配饰，如珠宝、帽子、围巾、鞋子、iPod 等。如果小说的时间设置在古代，那还要考虑人物佩戴的武器、盔甲、小装饰品等及其佩戴的理由。

人物是如何通过穿着打扮来表达自我的或是为了什么目的穿给别人看的？他为什么要这么穿？这么穿到底成不成功？

### 其他外貌特征的考量

现在你需要试着从旁观者的角度来描述人物的其他外貌特征。他走起路来一瘸一拐吗？她的手指少了一截吗？他有明显的胎记吗？她一条腿短一条腿长吗？他的头看起来特别大或特别小吗？很多人是站着的时候显高而坐下来就显矮的，他们腿长身短，当然也有身长腿短的。

如果你可以为警方提供详尽的嫌疑犯特征描述并使之顺利归案，那就证明你这一部分的技能合格啦。

## 自然属性

现在我们来讨论人物与生俱来的特征和背景。这些东西通常并不

---

① 美国经营休闲服饰的商店。——译者注

② 美国以经营奢侈品为主的高端百货商店。——译者注

显而易见，但是同样会影响人物的性格，甚至影响力更深。记住人物的核心性格，然后进行选择：有着某种核心性格的人，基于他的出生，他会对外部世界做出何种反应及进行何种调整呢？

## 原生家庭

人物出生在什么样的家庭？是一个有着 17 个孩子、四世同堂的大家庭？还是一个没有兄弟姐妹由父亲带着住在比弗利山庄的单亲家庭？

这个人物出生的时候父母是否已经结婚了？他的父母在他成长发育的重要阶段是否依然维系着婚姻？他是成长在重组的家庭中的吗？他父母的婚姻是否有名无实？那是一个幸福、稳固的家庭吗？

他的家庭财产收入水平如何？他是习惯了特权还是贫穷？她是不是经常出入游艇俱乐部和夜店？他们是否靠着政府救济度日？他有没有帮助过“困难群众”？他是不是在成长中误入过歧途？他是不是一直就读于好学校？

在人物的童年时代，她接触的环境好坏与否会对她的人生态度、期待和知识系统产生深远的影响。谨慎选择这些因素，它们要么强化要么抵消她的核心性格。

还要考虑人物在家中的排行。我并不是迷信在家中排行老大的孩子总是冰雪聪明，中间的孩子总是中庸平和等等，但是我认为在家中的排行对性格是有影响的。你曾经是父母唯一的掌上明珠，拥有万般宠爱，突然出现一个比你小、需要你照顾的弟弟或妹妹；或者你有六个兄弟，是家中唯一的女孩，情况是会有所不同的。

所以，你要为人物考虑在家中的排行、家庭人数、性别及兄弟姐妹的年龄。他应该排行第几？如果他是一个有 17 个孩子的大家庭中的老幺，他会有什么样的性格？

你的人物身边是否有一位很强（弱）势的父/母亲或家庭成员，他的性格会给你的人物以极大的影响吗？他是谁？这种影响的具体表现是什么?

你的人物是在哪里长大的?她是不是有位在军队里的父亲,因为军队的部署需要,所以两年搬一次家?他是在肯塔基州的深山里长大,还是曼哈顿下东区的大街上长大?她是一个乡村少女还是城市女孩?在后面的章节我们会谈到人物说话的方式。人物的说话方式、方言、口语的使用当然会受到出生地的影响。所以,你的人物来自哪里?

还有哪些跟家庭有关的问题会影响到人物性格的形成呢?我们在下一章要讲到人生的重大事件,所以现在你只需要想想家族历史可能带给人物的影响。

想想你认识的人。还记得那个在明尼苏达州的北欧人吗?是他的成长环境造就了他。一个出生在中国河南省农村的女孩,被一对美国夫妇领养,带到科罗拉多州,她的人生被彻底改变。天生的和后天的因素是我们在这一节要思考的内容。原生家庭是如何影响人物性格的?

## 教育和智商

人物受教育的情况如何?初中毕业还是研究生毕业?即便是科幻和历史小说,也有必要交代人物的受教育程度。

重要的不是教育等级而是教育质量。一个在 13 世纪英格兰拥有博士学位的人在现在看来也只有小学六年级的水平。一个拿着凤凰城大学毕业文凭的人物来到人才市场,他的价值当然比不上毕业于麻省理工或哈佛商学院的人。

所以要设计这个人物所受教育的程度和质量。你已经了解了她出生的家庭、家庭的富有程度、文化背景及性格,那么与之相符的教育程度是什么呢?她自己希望达到什么程度?她是否学到了她想学的专业或知识?

智商和教育当然不是一回事,你的人物聪明吗?一个极其聪明的人物会在她的行动和谈话中体现她的聪明才智。有些拥有博士学位的人看上去还是傻傻的。从头脑灵敏度和常识来看，人物到底有多聪明？这种聪明如何体现贯穿在她的人生中？基于人物这样的智商和性格，我们对她可以有什么期待？

### 天赋与才能

这个人物擅长什么？经历过尝试、失败之后以及根据他人的反馈，我们发现自己总有一些天生就擅长的本领。最理想的状态是，我们可以把自己擅长的和喜欢的事情结合在一起来作为谋生的职业，这该有多么美好！

你的人物具备什么天赋与才能呢？他是不是狂喜欢修东西？她天生就是学外语的料？他的歌声能融化少女的心吗？她有凌波微步般的舞姿吗？他的口头表达能力很差吗？她能像一个通灵师那样读懂人心吗？他很会教育人或训练动物吗？她很会鼓励人吗？

你的人物天生擅长什么？这并不是说他要具有超能力，大多数时候，人物擅长的是一些微不足道的事情。

还有，这个人物喜欢做什么？她喜欢吃喝玩乐吗？他喜欢解决问题然后往领导脸上贴金吗？她喜欢做手工吗？他是不是喜欢强迫别人接受他的观点？这个人物在他擅长的领域到底有多厉害？

通常情况下，一个人喜欢的和擅长的事情是一样的，但也有例外。她也许喜欢唱歌，但是唱起歌来老跑调。他可能喜欢孩子，可是他一出现就能把孩子吓哭。有时候一个人觉得只要给她鼓励和机会，她就一定能把事情做好。“妈妈，你为什么不让我继续上钢琴课？”

你的人物属于哪一种情况？他喜欢做什么事情，精于此道吗？

她能利用她的喜好以及特长找到一份理想的工作吗？还是继续梦想着当一名舞蹈老师、政客或者奔赴肯尼亚的传教士？

### 爱的语言

加里·查普曼提出一种交流理论，我认为对人物塑造很有帮助

（在实际生活中也是），他称之为五种爱的语言。

此种理论认为，如同与生俱来的天赋和才能，我们天生在表达和接受爱的方面有我们自己的方式——爱的语言，但我们每个人的语言不一样。

有些人理解的爱是付出。我说“我爱你”是我为你收拾了房间，修了车，或做了一顿美味的晚餐。我**接受的**爱，是当你为我做了类似的事情，知道你是在说爱我。

但是如果你跟我说的不是同一种爱的语言，比如你理解的爱是送礼物，这会怎样呢？你说你爱我的时候是你给我一块有纪念意义的小石头，它让你想到我，或你开车的时候打开一罐我最喜欢的饮料，你希望以这样的方式来接受爱。所以我在这边帮你修浴室，你却给我一块石头。我们都是在说“我爱你”，但是我们彼此无法正确地“听见”爱。

现在介绍查普曼博士的著作《五种爱的语言》。如果我了解到你并没有忽视我以我的方式表达的爱，而你又在以你的方式回应我的爱，那么自然会有美好的结局。

查普曼归纳的五种爱的语言是：

- 有明确的爱的字眼——这类人表达我爱你是真正说出来，如“我爱你”、“我欣赏你”、“感谢你”；对他们来说，说出来很重要，表达出他们确实关注你，你对他们很重要。
- 贡献时间——这些人表达爱的方式是一心一意地付出，他们坐在你身边，陪伴你，你是第一位的，其他的人都可以靠后。
- 接受礼物——这些人表达爱的方式是挖空心思赠送礼物；他们不遗余力地对爱人表达爱的姿态和体贴。
- 用服务的行为——这些人通过洗衣服、修计算机、修剪草坪来表达爱；他们的爱是积极的，通常是无处不在的，然而有时候又容易被忽视。

- 身体接触——这些人喜欢拥抱，他们喜欢卿卿我我，他们走进你所在的房间后必然会碰碰你；他们表达爱的方式是充满爱意的身体接触。

一个人表达爱和接受爱的方式同一，这一点并不难理解。一位喜欢赠送礼物的人，他恐怕很难理解对一个人全身心投入就是爱了。如果不是查普曼博士的理论，除非你给她几张爱的提货券，否则她“听不到”你的爱。

也许你的人物压根不知道爱的语言竟然有五种，但她总会有自己的爱的语言。研究爱的语言能为你提供一种视角，看你的人物在特定情况下的反应，她如何与陌生人瞬间熟络（或嫌恶）以及人际交流中错误传达。

爱的语言不仅仅对求爱和共建和谐的家庭有用。当一个人物（现实中或小说中）伤心难过时，他会以爱的语言表达出来。比如一个喜欢拥抱的人生气了，她就不愿意再拥抱你；那个原本喜欢静静陪伴你的人生气了，就会连看都不愿意看你一眼，甚至不愿意跟你待在同一所房子里，如果是这样的话，你就知道他是真的生气了；只要看到垃圾成堆、要洗的衣服堆成山，你肯定是惹着了本来心甘情愿照顾你、为你做任何事的人。这些只是在家庭内部的表现。如果是在外面呢？也许把人物逼到一定程度，你能发现好的情节。

有时候，人物的爱的语言和他的性格完美匹配，像 ESFP 性格的人，外向活泼，喜欢拥抱。但也有不匹配的情况，比如内向的 INTJ 性格的人也喜欢拥抱。这些相符和相对的情况为你塑造复杂的人物形象提供了不少灵感。

我建议你找到你的爱的语言。理解不同的爱的语言可以加强甚至是拯救情感关系，而且这对你的小说也大有裨益。如果你对小说中人物的爱的语言不加选择，他们有可能都采用同一种爱的语言，默认的就是你自己的爱的语言。

## 自尊心

人物的自我认知如何？他认为自己是上帝派来倾倒所有女人的万人迷，还是一个总想挖个地洞钻进去的自卑男？她相信自己对于这个世界的价值，还是一个与所有人为敌以此证明自己是一无是处的人？

试从心理学家的角度来思考问题。

也许你觉得思考人物的自我形象这件事本身就非常奇怪。“这不过是个虚构的人物，她怎么会有感觉？”你也许会这么想，但这是错误的。你不能把你的人物只当作一件道具，你得把他想成一个真正有血有肉的人。

想想你自己的经历吧。曾经的你不像现在这样对事情有把握、有分寸。像大多数人一样，你也许有过深深的无力感。（这种感觉大多数人在高中时代都有过。）随着你不断成长，一步步实现目标，获得成功，你从无力感中挣脱，现在的你可以做到一些事情，你总算是没有白消耗这个地球的氧气了。

那种复杂的希望平凡，或希望有价值，或与他人平起平坐的感觉，及其相反的感觉，都是人类正常的情感——人性经历的一部分。所以你的人物也需要处理这些人性中复杂的情感。

读一读荣格或弗洛伊德的心理学说，钻研人物的深层心理问题。她是如何认识自己的？她把自己放在同龄人中的什么位置？她有没有意识去占据一席之地？她总是这么想吗？她是不是走了一条正确的路？

在自我接受的心路历程中他遇到了什么重大事件？是什么打击让他一蹶不振？他是被什么谎言蒙蔽了致使自己无能为力？

她对自己的认识如何影响了她的生活？进而如何影响她做出的选择和说出的话？

他需要什么来认清自己，方法是否妥当？他是否用傲慢来抵消自己不被重视的感觉？

你我时不时地还为自尊心的问题烦恼，那么你想塑造具有现实感的人物必然也会遇到同样的问题。

所以，问一问：你的人物有啥感觉？

## 热情

关于人物的性格，本章最后要讨论的是对宗教或对其他事物的热情。

每一个人都对某种事物具有某种热情。有可能是宗教、政治、社会活动，或者其他。你的人物对某一样事物很热情：也许她为保护儿童远离性侵害而积极奔走，也许她是器官捐献的提倡者，也许她在不懈地争取言论自由，也许他把自己拴在推土机前是为了保护他发现的那只乌龟，也许她给国会议员写信谈论枪支持有权的问题。无论对什么事物的热情及其程度，它都可以丰富人物的言谈举止。

也许她并不完全理解她所热衷的事物。比如说，她搞不清种族隔离到底是什么意思，但她觉得有必要去抗议一下，下个星期她又会去抗议别的什么。其实，她真正表达的是抗议保守的权威，追本溯源，是因为她父亲的专制。

你的人物对什么抱有热情？他的宗教信仰是什么？为什么选择这种宗教？他有多虔诚？如果仅仅是他个人的意愿而不是受家庭成员或其他人的影响，他还会选择这种宗教吗？他自己信仰什么？

人都是有信仰的。即使是没有宗教信仰的人，他也是在信仰没有上帝或来世这种说法。没有宗教信仰的人物其实信仰了其他的东西。我们都有某种热情，我们会在特定的时间通过特定的方式将这种热情予以表达。

你的人物的热情是什么？如果让她来给句子填空，“我热爱____，我愿意为它而死”，她会填上什么？

这种热情如何在人物身上显现？考虑到他的性格特征，这种特别的热情将会如何呈现？

## 目前的状况

我们已经考量了我们打算塑造的人物的出生、家庭、天赋才能、爱的方式，现在来思考人物在小说开端所处的状态。

小说中的人物处于人生中的哪个阶段、哪种状态？结婚还是离婚了？有孩子吗？他现在能挣多少钱？他是否刚刚达到或超出了父母的期望？他是不是混得不好？他现在的生活到底怎么样？

作为一位妻子和母亲，她称职吗？她的身材保持得怎么样？她在她的社区或圈子里是活跃分子吗？她是一位好员工吗？

然后试问：你的人物满意她现在的状态吗？考虑到她的性格类型、成长背景和情感，她现在所拥有的生活是她想要的吗？如果不是，她缺了什么？她是怎么克服这种失落感的？她对婚姻生活满意吗？没有结婚吗？她现阶段的目标是什么？她与她所出生的家庭和所置身其中的文化的关系如何？她有没有运用她的天赋和热情？她是否依然向往着去学艺术或去神学院读书？

还有一个问题我们前面没有讨论，即道德问题。他的道德感怎样？他有没有是与非的原则？他是否坚持了这一原则？他的母亲是否为他现在的生活感到骄傲？他有没有犯罪记录？他是不是对当地的监狱和法院熟门熟路？他是不是希望自己的孩子不要走自己的老路？他过去是不是遭受了情感或人际关系方面的重大打击？是否仍对现在有影响？

在你动笔之前，先考察清楚你的人物现阶段的生活状况，还有她对自己的生活的看法。

## 服装

我相信外貌会对性格形成产生影响。同样是 ISFJ 性格的人（天生喜欢取悦于人），有的人极其在意自己的外表衣着，有的人却马马虎虎。但在不同的外表之下他们都有一颗无私的心。

你现在的任务是以人物的核心性格为本，再参考你为其选择的背景信息、内在连贯的天赋才能与素质，为他“穿上”符合逻辑的服装。

我希望你现在能明白，依照上面介绍的方法，你是不会塑造出两个完全相同的人物的，即使他们有相同的核心性格。就算你不打算再进一步塑造人物，不打算剥开新的洋葱皮，他们现在也不会是相同的人物了。

我知道这不是一件容易的事情。特别是对那些擅长设计情节的小说家来说，尤其如此。他们可能觉得这些东西太麻烦，没有用。记住欧文·伯林的话吧：“音乐要想活下去，必须被唱起来。”为了你的小说能够存活，能够被“唱”响，你必须塑造出优秀的人物。这值得你付出努力。

# 4

## 重大事件、讨人喜欢、看法与语言

来到镜子前，我深吸一口气，面对镜中的自己。

直面自己是一件很困难的事情。两年来我一直在做这件事，但我看到的依然是一个完全陌生的人，就好像是强迫自己从立体图中捕捉平面的图像。一开始，你只能看到镜子里边有另一个人在回看你。接着，变换焦距，感觉自己仿佛在一张面具背后漂起来，并且惊讶地发现那似乎是可触的。就好像是一个人在剪脐带，只不过他不是在分离两个人，而是把另一个人隔离起来，现在你只是在看镜中自己的映像。

我站在镜子前，擦干身体，试着习惯去看那张脸。基本纯粹的白种人，这一点让我觉得奇怪。我强烈地感到，生活中哪怕有一丝离经叛道，这张脸就不会是这样。长期的牢狱生活让脸显得苍白，但在镜子里看上去依然有饱经风霜之感。脸上到处都是皱纹。又厚又乱的头发黑中带灰。眼睛是那种深沉的蓝，左眼下面有一道轻微的锯齿状的伤疤。

——理查德·K·摩根：《改变了的卡尔本》

你是不是感觉自己跟这个人有点像？他是一个活在未来的人，那时人类的意识可以转移到另一个新的（在这里，是**旧的**）躯体里。当你开始为你要塑造的人物披上皮肤，你会觉得有点奇怪。特别是对擅长设计情节的小说家来说，他们不习惯穿别人的鞋走路。尽管有些奇怪，但是仍然令人兴奋，不是吗？

现在你已经确定了人物的核心性格，她的外貌，她区别于其他人的标识：家庭出身、热情与渴望、家中的排行、爱的语言、天赋才能等等。接下来我们要考察人物的心路历程，前面提到的要素都会发生作用，但是我们现在还需要为人物添加最后一层洋葱皮。

本章我们要谈到在小说开始之前，在人物的人生中发生的重大事件，这个人物可爱吗？（至少他能被别人理解吗？）别人眼中的他是什么样的人？最后，是人物说话的方式。

## 人生大事的影响

我们来假设一下：一对双胞胎不论什么地方都一样，天赋、爱好，等等。我当然不相信有这种事，但为了论证的方便，我们假设你找到了这样的极端例子。

现在把他们分离。其中一个被拐卖，由曼哈顿下东区的三流演员抚养长大；另一个人则成长在豪宅里。他们还会是各方面都一模一样吗？

嗯，他们看上去是一样的。他们会很离奇地在很多方面相似。由于他们有相同的核心性格（虽然不太可能，但我们姑且这样假设），他们可能会有相似的职业和爱好。

但是他们不再会是一模一样的。被拐卖的那一位，在内心深处对这个世界没有安全感，觉得生活不稳定，随时可能发生变化。这种心态会对他产生什么影响？他谈恋爱谈不久吗？他会故意搞砸一份好工作，只是因为他觉得自己搞砸总比被别人炒掉来得痛快吗？没有被拐卖的那一位则会坦然地与自己理想的爱人步入婚姻殿堂，而他受伤的兄弟恐怕总是找不到合意的女孩，只会把她们吓跑。

即便你打算用这么极端的手法来塑造两个完全一样的人物，但如果加入人生大事的影响，你也自然就能找到他们之间的区别。你的双胞胎人物可能会对人生重大事件做出类似的反应，但这些重大事件会从根本上改变人物。

## 选择灾难性事件

是时候让你的人物经历一番心力交瘁了。

所谓的灾难性事件不是指地震、战争、龙卷风、瘟疫或上帝的发怒。你要寻找的是对人物的人生产生重大影响的事件，这个事件对人物的性格形成一直发挥作用，直到小说开始的那一刻。

上一章我们提到了人物的家庭情况，特别是父母的婚姻状况。现在，我们再来思考一下这个问题。破裂的家庭对孩子的影响重大。“我以为有些事情是不会变的，你却告诉我它们会变，它们会结束，现在你要我在父母之间做出选择，要爱一个多过另一个。为什么我的世界这么没有安全感？为什么每次我在学校遇到了麻烦，来跟校长谈话的都是妈妈，而不是爸爸？”

检视父母的婚姻状况对人物一生的影响。从人物的童年开始，一路推测到小说开始。一个有着特定性格、使用特定的爱的语言的人会对破碎的家庭做出什么反应？家庭破裂给他带来了哪些伤害？这会对他的自我认知和职业选择带来什么影响？

如果父母离婚是在人物和她的兄弟姐妹成人离家之后，那又是怎样的情形？这会彻底改变她对自己的看法吗？或者父母离婚真的能影响到她吗？如果突然有了“新爸爸”和重组后的家庭，她不再是长女，那又会怎样？

我们就是要在人物本来平静的生活中扔下一块石子，然后去观察泛起的涟漪。

也许人物遭遇的重大事件是在幼年失去了兄弟姐妹。也许她因为出生在军人的家庭而居无定所，每隔两年搬一次家，她不得不屡屡被迫中断刚刚建立起来的友谊。或者真的是战争或龙卷风或瘟疫给家庭带来巨大损失。也许是眼看着母亲的精神一点一点失常。也许没有责任心的父母抛下家庭，她独自承担起照顾弟弟妹妹的重任。或许是威严的父亲对她做的任何事情都不满，而她还是竭尽全力做到最好，希望能获得他的认可。

如果人物身处《我姐姐的守护者》的朱迪·皮考特的境地，她来到这个世界的唯一理由是给姐姐捐献器官，那么这样的命运会给人物带来什么？

你不一定能为人物找到人生重大事件。有些人一生都不会碰到什么大事。但这是一条很好的思考路径。当你在设计某个重大事件（可以是好事，比如赢得彩票大奖或变身为电影明星）时，将人物的命运和性格彻底颠覆，如果你想让他在小说里充当什么角色，你也许应该找那些具有深远影响力的事件。

我的小说《行动：火把》中有一个人物叫瑞秋，是前以色列情报机关的摩萨德特工，我为她设计了一个重大事件。瑞秋的父亲在以色列特拉维夫市经营一家酒店，一个巴勒斯坦人在酒店大堂自杀式袭击，瑞秋的父亲和很多人在这场爆炸中不幸身亡。在人们找到小瑞秋之前，她都一直静静地守在父亲的尸体旁。

你可以想象，这样的悲剧事件完全可以改变一个人的人生轨迹。童年应有的天真无邪一去不复返，她不再相信所有人都是好人。父亲死了，保护她的人不在了。

成年后的瑞秋的性格并不是完全由这个悲剧事件决定的。她的核心性格贯穿并体现在她所做的一切事情中。但是她**确实**成为了摩萨德特工，做着反间谍工作，她确实刻意注重自己的外貌衣着和言谈举止以吸引那种很能保护人的男人。她对使孩子变成孤儿或平民被袭的事情非常气愤。

现在你知道人生重大事件是如何改变人物的人生和性格了吧？

想想你自己或你认识的人。你之所以选择现在的工作是不是或多或少跟之前的经历有关？我和妻子领养了一个中国女孩，她有兔唇，虽然现在已经修复了，但是这个事情对我们的大女儿产生了重要影响。我们去中国领养孩子的时候，大女儿 13 岁，她全程参与了妹妹的兔唇治疗过程。现在她想在大学里学习婴儿早期干预，我对此一点都不惊讶。

尚在成长期的孩子他们身上所发生的重大事件或许会彻底改变其人生轨迹。现在看来，我的大女儿所受到的影响是良性的。她选择的人生道路切合了她的同情心、爱的语言和核心性格。这就是一个有持久影响力的事件。

有多少人学医是因为他们对家中亲人的离去无能为力？有多少人从事警察或执法工作是因为他们在乎的人受到伤害却没有人能为其撑腰？

约翰·沃尔什主持的电视节目《美国头号通缉犯》，引起了全美国观众对失踪或被拐卖的儿童的关注。沃尔什自己就是受害人，他六岁的儿子被诱拐后遭到杀害，而行凶者多年难觅踪影。（好消息是这个罪犯现在已经被抓捕归案。）

重大事件就是将我们推上我们此前不曾预料到的人生道路。

现在要思考重大事件与你的人物的关系。你希望他的行动能为情节服务吗？要思考什么样的重大事件能促使他自然地行动且符合情节需要。或者你希望你的人物远离伤害，备受宠爱，但性格软弱，所以在小说中重大事件发生时，她手足无措。最后她从某个地方获得了力量，而这段经历便是小说的重头戏。

花 15 分钟的时间写下在人物的人生关节点上可能发生的事件。为每一个事件找到合乎逻辑的结论，即它对人物成为现在的样子产生了什么影响。看看其中哪一个（或几个）事件能为人物带来惊喜。

当你找到的时候，我保证，你会迫不及待地想要动笔。但是别着急，在你走捷径之前至少要按我这个系统从头到尾过一遍。

## 讨人喜欢

如果你的小说中没有讨喜的主人公，那就死路一条，没什么好聊的了。

作为一名编辑和写作指导者，我看到无数（未出版）的小说故事从一个卑劣的人物身上展开，这很难挽住读者的兴趣。这些小说家都有良好的愿望：展现一个人物从低到高的戏剧性发展。但是由于这个人物的起点太低，太让人厌恶，没有人有兴趣去等待他改变。

如果你现在塑造的人物将会是小说的主人公，务必请你让他多少有些可爱之处。你必须让这个人物能吸引住读者，否则读者会弃他而去，没有人愿意翻三百页去看一个令人讨厌的人。一位讨喜的主人公是任何一部成功的小说不可缺少的要素。

即便你正在创造的人物不会成为主人公，他仍然需要是可爱的，或者至少是能被理解的，坏人也应该是可爱的。《贝奥武夫》中格伦德尔的母亲是一个杀人恶魔，屠杀了整个村庄——但是要知道她是一个沉浸在失去孩子的悲痛当中的女人。《教父》中的唐·柯里昂是个不折不扣的恶棍、杀手，但是瞧瞧他宠爱孙儿的样子吧！

所以审视一番你正在创造的人物，她可不可爱，能否被人理解？当你一旦开始说这个人物完全是这样或纯粹是那样，你就落入了俗套，人物的现实感就没有了。真实的人是复杂的，他们有很多喜欢的和不喜欢的东西。没有灰色地带的、只属于一种类型的人物是失真且让人厌烦的。换句话说，这样的人物就是擅长设计情节的小说家经常塑造的。你必须超越这个局限。

在你的人物身上找一些闪光点。如果他是主人公，你得找到很多闪光点。现在开始思考如何把人物的可爱之处向读者展现。即便是小人物或“坏”人物，找些在他妈妈眼中可贵的地方、情人寄予全部希望之处，祈祷他会因为这点仅存的优点浪子回头。

## 约会法则

要让读者喜欢你的主人公，得让读者在乎他。

我们会为谁加油？通常我们会同情弱者，同情一个遇到艰难险阻但仍然坚持勇敢抗争的人。你的人物可以是一个弱者吗？你可以在小说开始时将他塑造为一个弱者吗？也许他是唯一一个抗议新建核工厂的人，他虽然势单力薄但仍坚持散发传单。也许她是班里内向胆怯的女孩，别的女孩把她的书扔到地上，她只能站在一旁默然无语地看着。

我们同情受压迫的人们，我们想伸出援助之手，我们希望看到这个人摆脱困境获得成功。要将主人公置于这样的情境，因为读者最好这一口。

我们还会为那些追逐自己梦想的人喝彩。男孩终于鼓起勇气约自己喜欢的女孩，但是她笑了笑就走开了，真是糟糕。女孩第一次参加花样滑冰比赛，在跳第一个规定的跳跃动作时就摔得很惨。所以要展现人物在尝试做什么或达成什么，但是如果一开始屡屡碰壁，读者就会买账。

我们喜欢的人应该是受人尊敬的、有智慧的、甘于牺牲自我的、忠诚的、勇敢的、有道德感的。你写一个女人把老人绊倒，我们绝不会喜欢她。但是你写她帮助老人，我们就愿意看。要写男人为心上人买花，写一个女人上电视却因为孩子需要照顾而匆匆结束采访，写男人向往开跑车可自己还是开着一辆小货车，写女子冲到街上一把救下险些被车撞上的小孩，写富人家的小女孩在公园里和穷人家的孤儿手拉手。

我们希望自己花时间阅读的故事中有一个值得读、值得我们景仰的人物。富有同情心、友好和宽容是我们现在的社会崇尚的美好品质。

我们还喜欢那些聪明、睿智、风趣的人。有时候对聪明的青睐甚至超过了对道德的青睐，电影《十一罗汉》即验证了这一点。如果你的人物能靠聪明才智战胜对手，或者他妙语连珠，我们也许会放下偏见对他报以微笑。

想想你喜欢的人。不是说你本来就应该喜欢的家庭成员，而是你不由自主喜欢的人。你为什么会喜欢他们？是不是因为他们很随和？对你忠心耿耿？笑容很灿烂？真心实意地关心人？

现在就试着为你正在塑造的人物添上一两项讨喜的品质。

如果你一时被难住了，试着想想这个人物的狗会喜欢它的主人对它做什么。你时不时地摸摸小狗，给它东西吃，它就会喜欢你。猫咪喜欢你仅仅是因为你一动不动为它提供了可以长时间休息的膝盖。在你还没有塑造出连动物都会喜欢的人物之前，不要再写下去！

## 他人的看法与自我的蒙蔽

之前我们提到了人物的穿着打扮以及他是如何成功地实现自己所期望的那个自己。

不幸的是，我们并不总能恰当地评价自己。他人的观点虽然不是绝对正确、和善的，但还是可以考虑一下的。

到现在这一步了，你应该已经知道这个人物所希望成为的那个人。她是一位腼腆的人，俗称壁花小姐，想通过高调的打扮和虚张声势来摆脱她在贫民窟一文不名的现状。他的控制欲极强，使出浑身解数来控制自己的妻子。

我们这位壁花小姐看上去古怪且可怜。穿着紧身的艳丽服装，妆化得像小丑，跟人谈论的是政治……她给别人留下错误的印象，真是彻头彻尾的悲剧，别人显然比她对她自己有更清醒的认识。我不得不遗憾地说，只有那些有极度依赖心理的、追求不健康的爱的人，才会不在乎我们这位控制狂的微观管理能力，在所有人眼中，他日后必定是实施家暴的人。

你的人物是怎样的？他认为他是谁——其他人认同吗？他可能觉得自己是太阳神阿波罗在世，在淑女们眼中，他却是人首马身的怪物。她可能感到自己不漂亮、一无是处，然而别人却看到了她的无私之美。

绝大多数人对自己的认识是正确的。一个做会计的女子的言谈举止就像是一个会计。一个搞计算机的极客知道别人叫他极客（事实上他引以为荣，整天穿着动漫大会发的T恤衫招摇过市）。即便如此，这些人物还是有自欺欺人的地方。

"我爸爸觉得自己是个超级投球手，但他每次都被我打得落花流水。"

"劳里认为自己品位绝顶，你有没有用过她家的宾客卫生间？"

一位自欺欺人的人物是有趣的。小说中人物的认知盲点恰恰是有趣之处，这些盲点揭示了这个人物希望或不希望成为的样子。

> 一顶绿色的猎人帽硬戴在光洁如气球的大脑袋上。绿色的护耳遮不住大耳朵和剪不齐的头发还有耳朵旁边的鬓发，它们是那么地突出就像交通信号灯同时指向两个方向。突出的厚嘴唇上面是浓密的黑色小胡子，在它的一角，有几根不听话地卷在一起，还有薯片的碎屑。在绿色帽檐的阴影下，伊格内修斯·J·赖利蓝黄相间的眼睛目空一切地扫视在D. H. 霍尔姆斯百货商店大钟下等待的人们，他通过人们的穿着来鉴别他们的品位。根据伊格内修斯的观察，拥有好几件足够新、足够贵的外套应被认为是对品位和体面的冒犯。拥有任何全新或昂贵衣物的人只能显示出他缺乏信仰和几何知识，甚至让人质疑他的心灵。
>
> 伊格内修斯自己的穿着舒适且实用。猎人帽保暖防感冒，厚实的花呢裤不仅耐穿，行动起来也异常灵便。裤子的褶子和角落可以留住温暖、陈腐的空气，它能舒缓伊格内修斯的情绪。一件

法兰绒格子衬衫就能抵得上一件夹克，一条围巾保护伊格内修斯的脖子。这一整套打扮无论是从神学还是从几何学的角度来看都是完全可以接受的，同时暗示了他深邃、丰富的内心世界。

——约翰·肯尼迪·图尔：《笨伯联盟》

绿色帽子、法兰绒格子衬衫、围巾……这些东西能显示丰富的内心世界吗？我看伊格内修斯的自我认识的偏差实在是太大了。

你已经知道了你的人物是如何看待自己的。现在该想想别人是如何看待他的了。清楚、坦诚、客观地看，这个人物看起来像谁？

他人的评价也不一定准确。一个人看上去冷酷，其实他可能只是很害羞。有时候——你可以在小说中利用这一点——一个人如何看待他人恰恰说明了他是如何被看待的。

即便如此，研究他人眼中的人物仍然是很有价值的。

## 说话的方式

我故意把这一点放在最后来谈。

许多擅长设计情节的小说家塑造人物的方法就是让人物说话搞笑。

嗯，他是个苏格兰人。她措辞完美、词汇丰富。他总是喜欢说“随便”。她胆小如鼠，说话口齿不清。

电影是如何区别人物的？很简单：他们直接出现在屏幕上。电影观众能很快看出眼前这个女孩不是之前出现的那个女孩，她们长得不一样。她高一些，她不是穿这身衣服，她金发碧眼。但是在小说中你无法如此快速地区分人物。你可以写“朱莉进入了房间”，但是对于区别朱莉和汉娜没起到任何作用。你可以写“她在玩弄自己的金发”，“阳光令她的金色卷发闪闪发光”，以此不断提醒读者记住她的发色，但都比不上电影那样方便。（千万不要这样写啊，读者会恨你的）。

要在小说中区分人物，你得展示他们在言行上的不同。

擅长设计情节的小说家让人物说话搞笑似乎是个不错的办法。我想写一个法国人，为了突出他是小说中唯一的法国人，我让他“Oui，oui”（法语意为“是的”）个没完，这样就不用担心读者认不出他来。或者我想安排一个只谈论达拉斯牛仔的人，所以每次人物一开口必是“那些牛仔怎么样了？”OK，搞定！

我希望你能看出这种人物塑造方法的拙劣。一个人物不能只靠一个话题或一种口音就被确定下来。喜欢达拉斯牛仔的女孩除了牛仔之外，还有别的爱好。不是每一个法国人都像你小说中的法国人。

我之所以最后讨论人物的言行和话题，就是因为这方面的手法是最容易被滥用的。

## 见鬼！

人物说话的方式往往具有魔力。如果你在这方面的功夫到家，人物就无须亮出身份，只要一开口读者便知道他是谁。

> “邦德。詹姆斯·邦德。”
>
> “系好安全带，今晚会很精彩。”
>
> “我们以为你是只癞蛤蟆！”
>
> “我总是有贵人相助。”
>
> “来吧，给我找点乐子。”
>
> “但愿你知道过去我有多爱你，我现在有多爱你。”
>
> “他们忘了男人的使命。”①

① 引文分别出自如下电影：任意一部《詹姆斯·邦德》系列电影、《彗星美人》、《逃狱三王》、《欲望号街车》、《警探哈里》、《卡萨布兰卡》和《王者之剑》。

这些台词是不是很熟悉？你马上就想到了说话人是谁？当然，这些是电影人物的台词，用来谈论小说似乎不太合适。但我在这里要表明的观点是，一个人物说话的方式是可以让我们辨认出他/她的身份的。

> “看那儿，我的朋友桑丘·潘沙，三十多个巨型怪兽出现在我们面前，我要跟它们来一场恶战，把它们斩尽杀绝，有了这些战利品，我们就可以开始拥有财富。这是一场正义的战争，上帝保佑我们把这些邪恶之物清扫出地球。”
>
> “哪里有巨人?”桑丘·潘沙问道。
>
> “那边就是，”他的主人回答，“长手臂，有些有两里格那么长。”
>
> “请看，阁下，”桑丘说道，“我们看到的不是巨人是风车，你说的那些手臂是帆，风吹这些帆才能让磨子转起来。”
>
> “那是障眼法，”堂·吉诃德回答，“你还不适应冒险事业；那些就是巨人；如果你害怕，你就躲到一边去为我祈祷，我马上要投入这场殊死搏斗。”
>
> 正说着，堂·吉诃德猛地给驽骍难得的一鞭子，不顾桑丘的叫喊…… “冲啊，懦夫和小人都闪开，骑士来也。”
>
> ——米格尔·德·塞万提斯：《堂·吉诃德》

随便挑一段桑丘和他主人的对话，你都不会弄错谁是谁。《堂·吉诃德》在人物的语言和小说创作方面为我们树立了黄金标杆。

将人物说话的方式由内而外地表现出来，要做到这一点有一定难度。“他是法人后裔。”[①] 换个说法，“他是一位看门人，生在单亲家

---

① “法人后裔”（Cajun）是特指移居美国路易斯安那州的法国人的后裔。新奥尔良市是路易斯安那州的重要城市。——译者注

庭，喜欢看护受伤的小动物，来自新奥尔良。”听上去，你的人物有点像阿甘，但他终究是他自己。说话是人物向外部世界展现自己的方式，但不能表现人物的全部。

小说中人物说话的方式就相当于电影里人物的外貌和服装。我们看她在小说中引号内“说的话”，就好比看她在电影中的表现：语调、音量、语速、词汇、音调变化、重音、音高。所有这些都在传达她的内在。

当然，还包括话题。如果她真爱达拉斯牛仔，那她确实会说个不停，但凡有机会一定要把话题拉回到牛仔上。这说明这个人物确实以此为乐，她在表达她是谁，但这不是人物的全部。

还有惯用语和口语。如果他是一位眼科医生，他也许会在日常对话中使用很多跟眼睛有关的语句①，自己却浑然不觉。他的日常用语确实受到了他的职业的影响。

还有人物使用——或不使用——俏皮的说法、夸张或诙谐的语言。与人物的“言”有关的方方面面都能在人物的性格和成长背景中找到原因。

一个人说话的方式就是她的标识、名片，她的综合履历。

2009 年有一个新闻是关于一对夫妇闯入白宫，顺利通过特勤处的检查参加了国宴。这对夫妇还跟奥巴马总统、拜登副总统和其他政要握手拍照。特勤处很糟糕地解释，陌生人如何距离自由世界的领导人如此之近——离总统办公室不到 200 英尺。

这对夫妇是假冒者，他们想跟大人物交往，想出名。但是他们不在白宫宴会的邀请名单之列。他们不想自己干出点名堂，成为真正可以被邀请到白宫与总统共进晚餐的人。他们跑都不跑就想直接到达终点线，

---

① 原文列出了几个英语中跟眼睛有关的固定短语或说法——“We take a dim view of such things”（我不太赞同这个事情），“I’ ll keep an eye on it”（我会注意的），“Here’ s the way I see it”（我认为）——中文无法体现，故做此处理。——译者注

就好像某些参加马拉松的人最后一英里才冒出来接受人群的欢呼。

同理，只有口音的人物就是假冒者。小说家没有花工夫去真正塑造他们。他们就像是抄近路到终点，或偷偷溜进本来不为他们开放的派对的人，他们想伪装成真正的人物。

我相信你不是这种人。你在踏踏实实地创造真正的、由内而外的人物，他们说出的话是符合其性格、成长背景和其他现实因素的。她之所以这么说话，是因为只要你使劲捏她，她必然会发出这样的声音。

## 说得太多?

大部分小说家都非常聪明，语言表达能力超强。他们善于确切地说出他们想说的话。

这并不代表他们总能即刻说出完美的台词。我当小说家的理由之一是我通常在某个片刻过后才想出我当时应该说的话。所以我写小说，这样我可以花时间，花工夫琢磨出最佳台词，创造出人物，让他们能在恰当的时刻说出恰当的话。雪耻成功!

小说家们也许正是因为这个原因，或者在不自知的情况下，他们笔下的人物跟他们一样健谈。

健谈似乎不是什么坏事。现实生活中常常有表达不畅、表意不明的情况，所以我们利用小说来澄清现实中遇到的窘境。小说既不是超现实也不是现实。我们不想要现实，我们想要的是真相。

现实中的对话是这样的：

> "嗨。"
>
> "嗨。"
>
> "你的……那啥怎么样？什么评论来着？"
>
> "哦，那个啊。还行。她迟到了。"
>
> "我——"
>
> "后来她又来了……你的除臭剂在这里。"

"谢了。我准备——"

"她迟到了，我想她是忘了……"

"不是吧。"

"对啊。就跟'嗨，你该写检查了。不准早退。出去，我要吃午饭。'那样。"

"天哪，这——"

"对啊，但是……"[耸肩膀]

以上也许是对现实中对话的准确记录，说话被打断，有省略，多余或重复，但若是你原汁原味地把它搬到小说中，那就太糟糕了。

对话应该介于现实和超现实之间。这就需要人物是可以被理解的，说出来的话是符合逻辑的。

你该怎么写模糊的对话？我知道，故意让你写语义模糊的对话有违本性。小说中的人物不是每一个都令人困惑的，并非每一段对话都会像下面这段对话那样让人抓狂。但是人物在小说中多少会有语焉不详的时候。

下面我们听到的对话是发生在两个舍友之间的，她们一边刷牙一边讨论电动牙刷及其他问题。

简尼：你带他们两个多久了？

劳拉：我的管？[想的是牙膏管]

简尼：不是。你的两个。

劳拉：我的两个什么？

简尼：你的两个学生。[有些不耐烦了]

劳拉：哦，我还以为你说的是管[①]，我还以为我们还在说牙

① 英文中 two 和 tube 发音类似。——译者注

膏管的事呢。

简尼：不是。

劳拉：你说我带的那两个学生啊？

简尼：是啊。

劳拉：他俩每人一小时。

简尼：不是，要带多久？

劳拉：[想了一会儿] 嗯，一个是数学，12 周，另外两个是阅读，时间嘛——

简尼：不是，我的意思是两个小时。

劳拉：[停顿] 什么？

简尼：当一个不在的时候？

劳拉：哦！你的意思是我带两个学生多久了，因为第三个正在放假？

简尼：是的。

劳拉：哦，周一和周三。第三个学生周五就回来了。

好可怜的简尼，问了半天。她可能也意识到了自己问得太模糊，但她也不知道怎么问才不模糊。只有她自己知道她是在问什么，在她那儿问题都是一清二楚的。

以下是设计模糊对白的一些方法。

## 怎么才能模糊?

对话从不连贯的陈述开始。突然转变话题，简尼和劳拉正在讨论牙膏管，简尼突然换了个话题，而劳拉还在想着牙膏管。

对话的内容与话题一和话题二都相关，不知所云效果最好，比如：

“对啊，我好久没看过那么精彩的球赛了。”

“你上次看是什么时候？”

“我看了上个星期的。”

“不是，我问你上次在公园看到那只大麦町犬是什么时候？”

“什么？”

要人物说话模糊，就在说关键词的时候模糊。“你是在问，‘我是否有一个牙膏管？牙齿？’”

人物企图澄清说话的意思，但是不用辅助词，而只是一遍又一遍地重复强调同一个词或短语，“不是，是他俩，他俩，**他俩!**”

在对话的情景中，赋予句子多种意义。“你带他俩多久了？”“带什么？”

有时候可以故意误用词语：

“你除了（说话人错误地使用“in lieu of”（意思为代替）这个短语）教课还打算留下来吗？”

“不，我打算既留下来，又教课，你是指这个吗？”

“但在你教课后，你还得留下来？”

“哦，你的意思是‘除了’，不是‘代替’，你刚才说的是‘代替’的意思。”

“你是在嘲笑我吗？”

“哦，不是的……刚才的问题是？”

让对话的某一方蠢到理解不了另一方。

一个人不是故意不把话说清楚的。要让她知道她没把话说清楚是件费劲的事，更费劲的是让她把话彻底说清楚。

你可以尝试这种方法，也许这样的人物出现在你的小说里显得很突兀。他变成一个总是说错话的喜剧人物，就像《罗密欧与朱丽叶》

中的保姆。记得别让人物落入俗套啊。我希望你知道，并不是所有的人物都像你一样有非常好的表达能力。现实中的人说话方式不一样，小说中的人物也应该如此。

## 门槛

现在的你泰然自若。你已经创造出之前从未有过的让人能够充分理解的人物。祝贺你！你马上就要把这个人物推上舞台了。

剩下的就是人物的心路历程。

从开始到现在，你一直在装备你的人物，训练他，优化他。你把他送到魔鬼训练营和进修学校，把他的状态调整到最佳。他已经做好了心理准备以应对可能到来的危机。现在，他已做好准备接受任务了。

这个任务就是人物要经历的心路历程、人物发展的弧线。接下来的几章将会让这个有着某种核心性格、穿着某身“服装”的人物经历具有决定意义的人生改变。

在结束本章前，花上 15 分钟的时间回顾、整理、综合你所塑造的人物。带着你对这个人物的所有想象通读人物的性格描述。在本书第一部分结束时，我们还会做一个人物完整的内心独白。现在你可以先做一下关于这个人物的总结：这个人物到底是谁？你必须弄清楚这个答案。

完成了以上全部内容，我们就可以开启有关人物的启蒙之旅啦。

# 5

# 概述心路历程

最优秀的小说往往是讲述某个人物在某一方面的深刻变化。

一个自私冷酷的人学会了先考虑他人。一个拜金物质女最终为了爱情结婚。一个心里只有事业的工作狂决定花时间多陪伴家人。一个自闭的老太婆终于敞开了心扉。“千年隼号”的飞行员开始在乎自己的工作。里克咖啡馆的老板[①]最后决定要为正义伸出援助之手。

我们喜欢看到人物改变，因为我们也在改变。我们都体验过在改变的过程中那种痛苦但却释然的感觉，特别是改变会给我们的生活和情感带来崭新且良性的变化。

小说中大多数主要人物都是往好的方向改变。看别人做出正确选择和不断完善自己是一件令人振奋的事情。也许你的小说可以是关于人物如何变好的小说。

当然也有人物变坏的故事。虽然写一部主人公变坏的小说很可能销路不佳，但是悲剧性的人物还是很吸引人的。例如《蝇王》中的罗杰、《蚊子海岸》里的阿力·福克斯，还有《星球大战》中的安纳金·天行者，这些反面人物都是恶棍，令人害怕，我们希望他们赶快停手。但是，我们又不希望他们停手。

---

① 电影《卡萨布兰卡》中的人物，里克咖啡馆的老板里克。——译者注

也许最吸引人的情节是坏人一度想变好，但是最终他决定保持自己的黑暗本质。《魔戒》中的咕噜（史麦戈）就是一个很好的例子。

并不是每部小说都要写一个人物的改变。我们不敢奢望印第安纳·琼斯能改变多少，他就是他。还有在一些精彩的小说里，主人公不发生变化，从故事开端到结尾她都是那样，发生改变的是在她周围的人。《清秀佳人》（又译《红发安妮》、《小安妮》、《安妮的故事》等）就是一个绝佳的例子。安妮来到加拿大爱德华王子岛上的某个小镇。整个小镇因为安妮的到来而开始有所不同，小镇的人们发现需要改变自己，他们想变得像安妮一些。阿甘、机器人瓦力、堂·吉诃德，甚至包括耶稣基督等人物都是促成变化的人，但他们本身没有改变。

但是这样的人物很难写好，围绕他们的故事结构跟本书讨论的结构不一样。

因为本书介绍的小说创作方法是从创造人物开始，所以我们要创造的人物是要发生变化的。无论她最后的样子与你的设想是否一致，我们都要给她一段改变的经历。

## 心路历程

人物的改变或转变在小说创作中称为“心路历程”或“人物弧线”。我更喜欢“心路历程”这个说法，有古希腊史诗《奥德赛》的意味。你需要给人物的内心设计一段漂泊之旅，让他备受折磨。

人物的心路历程是我们这个小说创作系统的核心。其他人物也会经历他们的心路历程，但是小说最在乎的是主人公的转变。主人公的核心性格、在家中的排行、与其他人的互动、人生重大事件——皆是重要的背景。小说的主要事件就是展现人物的心路历程。

《情节与人物》中人物的心路历程要经历五个主要阶段：

- 初始状态（包括心结）

- 诱发事件
- 激化阶段
- 关键时刻
- 最终状态

## 心结

在后面的章节我们会逐一讨论心路历程的五个阶段。当务之急是需要你理解："心结"和"关键时刻"是人物心路历程两个重要的关节点。接下来我就会解释这两个说法。请记住，心路历程其实就是人物在这两个点之间行进的过程。

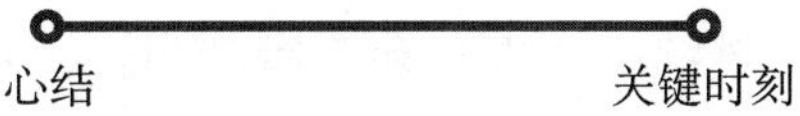


整部小说实际上是从心结到关键时刻的准备、过程及其结果。上面简单的图就是《情节与人物》的精髓。只要你真正理解了这张图，相信你的下一部小说就能同时拥有令人惊艳的人物和精彩的情节。

## 心路历程概要

所谓的心结就是导致你的人物有问题的东西，是他心里过不去的坎儿，是他的错误、根深蒂固的恶习、不健康的生活方式导致他出现了问题。整个故事旨在暴露这个问题，给他一个改变的机会。下一章我会举出具体的例子，现在你只需要知道，心结就是令人物陷入困境的东西。

你是小说家嘛，当然可以主宰你的人物的命运，你是他的上帝，你是命运本身。你清楚人物的问题所在，这个问题如何伤害他，怎样才能引起他的重视。你决定要迫使她去解决问题。你关注她是否能逃脱困境，所以你要让她看到问题，帮她做所有的决定。

你开始给她制造麻烦。她希望生活维持老样子——忍受家暴、理想破灭、忍气吞声、苦也不说苦，因为现在的生活苦是苦一点，但也强过因改变而产生的痛苦。但是你不愿看到她一个人在那儿吃苦。既然你是她的上帝，那就显示神迹。你让她发现再忍下去是多么愚蠢、多么困难。你要让她看到开始新生活的可能性，只要她愿意改变。你要用力挤压她的人生（我喜欢将其称为“激化阶段”）。

剩下的工作就是要把主人公推到需要她做决定的关键时刻。在故事的开端，她为自己所做的选择并不明智，但却是目前所有选择中她能想到的最好的一个。随着故事的推进，你将向她展示她现在的选择是如何给她带来伤害的，你还要向她展现如果她重新做出选择，她将会进入的光明的新天地。

在这关键时刻，她就如同站在十字路口，她需要预见到未来。“我可以维持现状，继续隐忍现在和今后的痛苦，或者我可以改变一下——以这种选择的痛苦为代价，这样就能尝到真实且可能的新生活的滋味。”

你的小说其实就是在向这个命运悬而未决的时间点进发。你甚至可以说，这个时间点就是小说创作唯一的目的。人物在这一时刻做出的选择是至关重要的，时空瞬间凝固，静待她做出选择。

终极选择的结果将我们引向最终状态和故事的结尾。

以上就是人物心路历程的简要概述。本书的第二部分是关于外部旅程，也就是人物心路历程的外化。但是千万别搞错：**你的小说是讲述人物在关键时刻做出何种选择的故事**。其他所有一切都是为了把她搭载到关键时刻。

现在你能看出这个简单示意图的用意了吗？

如果终点是关键时刻，那么起点就是心结，即造成问题或麻烦的东西。从心结到关键时刻这一段就是你的小说。如果你按照我建议的方法来建构小说，那么小说内容的75%将由主人公的心路历程构成。

## 说一说改变

到目前为止，我们已经讨论了这个人物**现在**是什么样子。我们已经为她建构了完整的心理状态。

现在我们要讨论这个人物**将会**变成什么样子。有了故事的起点，基于她的核心性格及其表现层次，当她遭遇重大问题并不得不做出人生抉择时，她会怎么做？

人不喜欢改变。保持现状比做出改变要容易得多，即使现状很不如意。“我知道，我知道，如果不（及时）交作业我的学分就完了，但是这个派对太重要了，朋友们需要我，而三角、几何不需要我。”小说如人生，没有人喜欢改变。

人们虽然不喜欢改变，但总有忍无可忍的时候。再不改改，我得进监狱？我永远不能再见到我女朋友？不作死就不会死？老兄，我怎样做才能避免这种结果？

而作为故事帝，你可以完全无视这些人物岌岌可危的命运，再给他们的痛苦添一把柴。你要迫使她离开舒服的地带，就像你从泥地里撬走一颗鹅卵石。撬的工具就是痛苦。你要让她痛到去思考改变一下会是什么样子。不到万不得已，很多人是不会改变的。要让人物痛定思痛促生改变……这就是心路历程。

现在你已经基本了解了心路历程，接下来我们逐个讨论每一个阶段。

# 6

## 心 结

“地方法官特别虔诚，但是太过仁慈——这是事实，”第三位中年妇女补充说，“他们应该在海斯特·白兰的前额烙一块铁印。海斯特夫人这下就会害怕了，我保证。但是她——那个下流的标记——放在长袍上，她根本不会在意！为什么，你看，她可以用一个别针遮住，或者用那种异教的装饰品，然后她就敢跟没事儿人似的在街上乱走！”

“嗯，但是，”一个柔和的声音冒了出来，一个年轻的妻子，怀抱着婴儿说，“她想怎么遮由她去吧，心里的痛苦是抹不去的。”

——纳撒尼尔·霍桑：《红字》

你的主人公需要一个心结。

也许是像白兰小姐的通奸罪。可以是无法排解的愤怒。可以是自私（近来迪士尼电影的最爱，比如《汽车总动员》和《比赛计划》）。可以是经典的悲剧错误，如傲慢、自恋、野心、轻信。再“现代”一些的罪过如吸毒、色情、拐卖儿童。或者仅仅是一些世俗的问题：不满、嫉妒、对巧克力无抵抗力。

如果你暂时还没有想出来，不要紧。你为人物设计的麻烦应该是普通人都会遇到的，所以先明确你的人物到底是谁，这是重要的第一步，人物的性格特征是独立于你接下来为她设计的情节的。当你对人物的性格特征了然于胸时，这才开始给她找麻烦。

## 打结

人物遇到的难题即是心结。如果你跟绳子打过交道，特别是在船上待过，你就应该知道让起锚机上的绳子平顺地穿过孔眼和滑轮有多重要。绳子打错了结会让人烦恼、误事，甚至带来灾难。

你的人物也是如此。你看他本来生意做得风生水起，突如其来的麻烦就是他平顺人生上的结。可能他看到了，开始着手解开这个结。也有可能他看到了但却视若无睹。或者他根本就没意识到有任何问题，因为那是他的盲区。

不论他看得到还是看不到，这个问题、这个结正在搅乱他的人生。

马克·史普拉格的小说《未竟一生》中，主人公艾纳在农场过着孤苦的生活。他沉浸在失去爱子的痛苦中，还有对儿媳的愤怒。因为夺走儿子的车祸发生时，是儿媳在开车。正是这种难以自拔的仇恨情绪让他变得恶毒、尖刻、形容消瘦。艾纳自己倒不觉得有什么，他完全沉醉在痛苦之中。直到某一天，不知从哪儿冒出来的孙女，打破了他原本平静却痛苦的生活。旧伤疤被揭开，他被迫直面压倒他多年的愤怒情绪。

在我的小说《行动：火把》中，我的主人公是海豹特遣队队员，他参与的一项任务出了问题。在执行任务的过程中，因为他的犹豫，他最好的朋友不幸受伤。故事是从他的内疚开始的。他离开海军，找了一份收入微薄的工作，他认为自己罪有应得。他一直寻找机会自杀，以便结束这无尽的自责。后来他被招募进一个新团队执行新任务，他发现了一个自杀的好办法，就是被敌人杀死。但是一些他不曾预料的事情发生了，给他带来了希望和活下去的理由……如果他愿意接受的话。

你会给你的人物打一个什么样的结？你清楚他是一个怎样的人（你也许要再回过头去看一下笔记以确保他的形象确实如此），然后你开始给他制造麻烦。

## 打什么样的结？

现在来戏弄一下你的人物。穿上你的夏威夷花衬衫，找点乐子，疯狂一把。

要说为你的人物找什么麻烦，这个无下限，完全由你决定。你可以头脑风暴一番，天马行空，别急着否决，先把各种麻烦摆出来。

你希望她害怕承诺？赌瘾难戒？挥霍无度？随便你。你想让他打老婆？偷税漏税？疯狂追星？随你便。

有一条法则：**深入挖掘**。这里需要你再次从心理医生的角度来思考问题。也许你觉得安排主人公害怕外出很有意思。温迪·奥尔的小说《尼姆岛》中，主人公艾历克斯·罗弗就是这样一个人物。艾历克斯自己喜欢写印第安纳·琼斯那样的勇敢无畏的英雄，可她自己却胆小如鼠，怕邮递员、怕蜘蛛、怕生病，几乎没有她不怕的。

想法不错，你完全可以这么写。可是需要深入挖掘的问题是：为什么？她为什么会害怕外出？光写她害怕外出是不够的。你需要知道是什么原因使她害怕外出。

如果你想给你的人物安排一个迷恋鸭子的毛病，行，但是这不是一个心结，这只是一个怪癖。你可以深入挖掘一下，他迷恋鸭子是因为他的父亲曾是一位捕鸭能手，他关于父亲最美好的回忆就是那次捕鸭旅行。但是现在他的父亲抛家弃子，这个人物认为如果他能找到一个完美的捕鸭追踪装置，他的父亲就会回来。

现在我们离心结不远了。父亲的离开让他难过伤心，他以为是因为他不够乖所以父亲才离开他的。哈！当你感到弗洛伊德附身，动不动就要从母亲那里找心理动因，你离心结就真的不远了。

最重要的是：你需要找到的心结是能推动一部小说展开的麻烦。如果你的人物遇到的问题只是衬衫没塞好露出来害得所有人笑他，解决问题的办法不过是将衣服塞好，这种问题是推动不了整部小说展开的。

但问题也并不意味着非得是惊天动地的那种。这个心结不需要是你的主人公害怕承担起拯救地球的使命，但是地球真的很需要他，他必须克服恐惧，否则离了他咱们的地球就玩完。命运凶吉难卜，这个心结只需要对你的人物有重大意义即可。

心结不一定是恐惧，但我老提恐惧这种心结，是因为恐惧确实可以打成一个漂亮的心结。其他更大的、更深的心结同样能带来致命伤害，比如一个人缺乏宽仁之心，或者对自己太苛求（我们称为内疚）。有的会造成很深的心灵创伤，例如父母失去孩子，或孩子被拐卖，这很可能发展成无法消除的痛苦或可怕的秘密。可能是因为没有妥善处理而追悔莫及，还可能是因为做过或遭遇过的某件事而产生深深的羞耻感。

其美妙之处在于可能性是无限的。只要心结的效应够深、够大，它可以是你希望设计的任何一件事。你要发掘兄弟姐妹之间的感情？那么心结可以是她感到在整个家庭中自己是被忽视的那一个。想探索勇气的本质，或者看一个懦弱的人如何变得强大？那么你可以安排人物有一颗脆弱的小心脏（但是要确保你知道**为什么**她遇事就躲开）。

我们现在该思考情节了。如果你是擅长设计情节的小说家，你可能感觉来了，终于到了你的地盘！如果你是人物至上型小说家，你也不会感觉糟糕，因为你喜欢思考人物改变背后的原因。

如果你现在感觉拿不准，放松一些，找回在夏威夷狂欢的感觉，畅想一下。有没有一个你一直想要探索的主题？看看你自己的生活：

有没有一种失落或恐惧是你一直想要克服的，你是不是设想过一种理想的极地？想一想你让别人失望或别人让你失望时你的感受，如果是发生在别人身上呢？你现在有机会写一个终极的故事，它将释放你内心深处的纠结，还你以自由。

所以最后一条原则是：**大胆做梦**。

## 心结的例子

以下是来自小说、电影和现实生活中的心结：

- 怨天怨地，认为上天不公，造化弄人；
- 害怕孤独（儿时惨遭遗弃造成的）；
- 不顾一切只为获得母亲的认可；
- 誓要雪耻；
- 害怕承诺（父母离婚造成的）；
- 疯狂贮藏衣服和物品（因为经历过大萧条）；
- 不让孩子玩耍（因为之前放纵孩子玩耍导致其死亡）；
- 忍受暴力（因为父母嗜好暴力，让他误以为这就是爱的正确方式）；
- 喜欢孤独（被自己信任的人伤害）；
- 认为自己毫无价值，自暴自弃。

有想法了吗？你需要给你的人物造成伤害，赋予他悲剧性的缺点或“根深蒂固的恶习”。总之，破坏人物原有的生活。

想一个医学上的理由也不错。一个罹患肿瘤的病人，她不知情——或者她知情却放弃治疗，反正她会因肿瘤而死。作为她的医生，你希望赶快谈一个治疗方案，可是她总是错过与你的会谈。你清楚这个肿瘤的危险以及她不接受治疗的种种后果。

你想为你的人物带来怎样的心力交瘁？你想给她一个什么肿瘤？

## 另一种选择

当你想让你的主人公受什么罪时，你也应该想一想他的其他选择。

例如你想你的主人公害怕小孩，因为她小时候在照看弟弟时不慎把他摔在地上，导致弟弟变成植物人。尽管她每个周末都去看望弟弟，但是强烈的内疚依然纠缠着她，她再也不肯抱婴儿。这种内疚超过了正常值。她剥夺自己拥有正常人生的权利。她放弃了最想去的兽医学校，因为学校在外地，而她不想离开弟弟。她不约会，不结婚，因为她认为弟弟无法拥有的快乐她自己也不配拥有。

这个人物其实挺有趣。你可以看到她的衣服破破烂烂，头发乱七八糟，甚至她可能故意弄得邋里邋遢以此吓退她的追求者。这绝对是个足以推动一部小说的心结。

现在来思考另一种选择。作为这个故事的命运主使，你不想她继续停留在悲催的命运里，你会做什么来促使她改变？你希望她能过上什么样的新生活？

也许你希望看到她最终原谅自己，允许自己开始新的生活。她的新生活与过去将有天壤之别。她肯定经过了长时间的自我说服才能与过去告别。这就形成了一个有趣的故事！你要开始思考将她带向新生活的方式。这就是你要寻找的。

在《未竟一生》中，艾纳勉强允许儿媳和孙女进入他的世界。她们在他身边，他逐渐感觉到自己还能再爱，去关心、在乎别人。他心灵的保护壳被一道亮光穿透，有那么一刻他感觉不错。有一段时间，他几乎可以完全把积攒已久的愤懑彻底抛下，回到失去儿子之前的那个自己。

**确保**你为主人公寻找的新生活是**心结的对立面**。例如你给人物的新生活，是让她当上返校节游行的组织者，但是这个改变并不是心结的对立面，那么就毫无意义，除非心结是她觉得自己无足轻重，什么事都办不成。但如果她的心结是她感到被世界遗弃，即使你让她去组织游行也无济于事。她还是会觉得世界把什么事情都扔给她，她不堪重负。

所以为你的主人公设计什么样的新生活，要根据心结的内容，找到最适宜的对立面。如果他是沉湎于网络世界的角色扮演（当然你想研究他为什么会有这一癖嗜），对他来说改变后的最好的生活是什么？也许就是他能平静地过上一天，不碰电脑。他有能力按照自己的意愿做出选择，选择怎样度日、怎样花钱。

## 到达新世界

要最终到达圆满的终点并不容易。人要从某种瘾或负面的情绪中挣脱出来并非易事。你的人物对本来的生活习以为常，让她改变就仿佛向她原来的生活投去一枚核弹。

啊，小说。做上帝的感觉真好。

为你的主人公找到一个好的心结。再为她设计一个极具诱惑力的期许之地。人物的心路历程——你的小说本身——就是两种选择之间的交互影响（更像是战争），一直引向那个让人屏住呼吸的时刻，他将为他将要推开的命运之门做出终极选择。

# 7

## 关键时刻

光芒再度大放，就在末日裂隙的边缘，站着佛罗多孤单的身影，他浑身僵硬，动也不动，仿佛已经被石化。

“主人!”山姆大喊道。

佛罗多抽搐了一下，用十分清楚的声音说话了；这声音分外清楚、有力，不同以往。那声音在末日火山的洞穴中，以惊天动地的气势朗声说道：

“我来了，”他说，“但我决定不执行我来此的目的——我不做了，魔戒是我的!”突然间，当他正准备将魔戒套上时，他消失在山姆的视线中。

——J. R. R. 托尔金：《魔戒》

这是小说的高潮。佛罗多和山姆历经千难万险来到末日火山的末日裂隙边，这是唯一能销毁具有邪恶魔力的魔戒的地方。佛罗多只需把魔戒投入岩浆，所有人就都能得救。

托尔金的小说写作技艺十分高超，他把主人公的心路历程带到终点的同时，整个故事也达到了高潮，因而释放了双重的张力。整个世界的命运都系于主人公的**决定**。

亲爱的小说家朋友，这就是你的小说需要做的事情。

## 我们就到结尾了吗？

你是不是觉得很奇怪，怎么现在就开始谈论主人公心路历程的终点、小说的结局了呢？我们甚至还没说旅程的开始，怎么能够就开始谈高潮了呢？

我发现打乱顺序反而有助于理解。先弄清楚我们力求达到的点，然后回溯为了达到这个点我们该做些什么。

再看一眼这个简单的图：

你的故事的能量就酝酿在这两点之间。这么说吧，你的故事是一辆车，它负责把读者搭载到关键时刻这个点上。《魔戒》的内容很丰富，但在最关键的地方，连月亮和星星都停下来（文学的说法）观望，就是上文所引的那一段：佛罗多的关键时刻。从宽泛的意义上看，整部恢宏的史诗都是在为这个关键时刻做铺垫。

上一章里，你学着把主人公置于困境之中，为他选择了一个心结。小说中发生的事件负责把主人公领向关键时刻。弄清楚人物弧线的运动方向，我们就能找到整个故事的结构。

现在不需要你决定人物具体走哪一条路才能到达关键时刻。只是让你明确，整部小说就是为了让他到达关键时刻。

## 什么是关键时刻？

关键时刻，简单来说，就是人物做决定的时刻。

她在 A 路上已经走了很长时间。如果不是某个事件发生，她还会继续高兴地（或痛苦地）沿着 A 路走下去。现在却有一条 B 路可以走。“天哪，B 路看上去不错。如果我选择它，肯定很多问题就不是问题了。但选择 B 路是有代价的。我愿意付出代价吗？啊，我讨厌做决定。”

随着小说的推进，主人公一直在做着小的决定，面对不那么重要的关键时刻。佛罗多一直在抵制使用甚至将魔戒占为己有的诱惑。有时他抵制住了。在没有抵制住的时候，他就后悔，并发誓坚持最初的目的，销毁它。这就像冲击“超级碗”。“超级碗”决赛之前的每一场比赛都很重要，如果成绩不好，就到不了“超级碗”决赛，之前的每场比赛都是冲着“超级碗”来打的。

你的人物也应该如此。你知道人物过去的生活，你也知道他可能拥有的新生活，你要在新旧两种生活、两种选择之间不断制造张力。两边都有话说。不同公司的销售代表都有机会兜售自己的产品。福音主义者可以轮流站在圣坛上宣扬自己的教义。你的主人公就像是来到中东集市被热情的商贩弄得六神无主，不知道买什么好，诱惑太多。

每到一个关节点，主人公便会更进一步认识到自己所处境地的局限性。他开始审视自己原有的生活和可能拥有的新生活。他同时了解了他能得到的和需要付出的。换句话说，他真正开始理解他要做出的选择。

就是在这个时刻，当最后一个维持原有生活的理由被否定时，他必须做出最后的决定，这就是你要努力达到的地方。这甚至是你写这部小说的理由。

这就是小说的关键时刻。

你的主人公正站在十字路口。不，让我们来想象一个画面：你的主人公正站在100层高楼的横梁上。她不能往回走，因为……因为横梁的另一端有一个外来生物正向她逼近。如果她不动，继续紧紧抓住横梁，孤独寂寞冷，这个生物会把她一点一点吃掉，这是她的一个选择。她的另一个选择是从楼顶一跃而下。如果来点助跑，她应该是能做到的。消防员已经在楼下为她准备好救生垫，急救车也已经到位。

无论她打算怎么做，都得现在做。

这就是关键时刻。

## 著名的关键时刻

我们读了《魔戒》中的关键时刻。我们再来看看其他作品中著名的关键时刻。

- 莎翁悲剧《罗密欧与朱丽叶》中罗密欧的关键时刻是，他坐在朱丽叶（他认为已死）的坟墓边。既然自己的世界已没有朱丽叶相伴，罗密欧会怎么做？
- 在《绝地大反攻》中，黑武士达斯·维德的关键时刻是，当皇帝准备杀死卢克·天行者时，邪恶帝王能否赢得他的助手的忠心，还是黑武士背叛他的黑暗主人救下儿子？
- 《傲慢与偏见》中，伊丽莎白的关键时刻是，她发现她原本不屑一顾的达西先生拯救了她的家庭免于舆论风波。突然间达西先生在她眼里像换了一个人似的，达西向她求婚，她会答应吗？
- 在《加勒比海盗：聚魂棺》中，杰克·斯派罗船长自己划了一条小船逃生，把他的船员和朋友都抛下。他放下船桨，回望……那是他的关键时刻。
- 在《人鼠之间》中乔治的关键时刻是，在雷尼杀死柯利的妻子铸成大错后，乔治先农场伙计一步找到雷尼，他有枪。如果放雷尼走，农场的人还是会抓住他，他也知道雷尼不会再有自由。乔治该怎么办？
- 《白鲸》中亚哈船长的关键时刻是，大副星巴克告诉他追逐白鲸莫比·迪克是亵渎神明的，会给所有人招来灾祸。亚哈听进了星巴克的话，还是执意要冒着自己和全体船员的性命去捕获白鲸？

你是否已看明白以上小说家是如何把主人公带到命运临界点的？主人公完全知道他推开第一扇门时的情形，也清楚第二扇门后等待他的命运。选择就清楚地摆在他面前。他明白其中的危险和后果。接着他做出选择，一旦选择了，后面发生的一切都取决于这个决定。

这就是关键时刻。

## 冲突

如果你的主人公陷在一个令她痛苦孤独的心结中，也许你为她选择的解结办法是平息怒气，原谅曾经冤枉她的人，重新回到人群中。所以，如果你把两种相冲突的选择放在一起，迫使它们一决高下，那将发生什么？

可能一开始主人公对那个还不错的选择嗤之以鼻。我们把这个主人公嗤之以鼻的选择形象地分析一番。就好比主人公的隔壁搬来一个残疾男孩。尽管行动不便，但是男孩总是高高兴兴的。她心中骂道，真是个又傻又蠢的孩子。但是男孩在无形中影响了她的生活。一开始影响微弱，但却渐渐加强，她提醒男孩他是有残疾的，试着刺激他、让他生气。但是男孩始终积极乐观，百折不屈。她不由自主地对男孩报以微笑。她开始欢迎男孩到家里坐坐，而且喜欢听他发表对事物的看法。

终于你把人物带到了十字路口。这个女人面临重大的抉择。很长时间以来她都没有做出过积极的选择。这意味着她要放下怨恨，重新开始相信他人并接受可能受到的新的伤害。新的选择将给她带来她想要的东西，也许是和隔壁的男孩重修旧好，因为男孩已经好长时间没过来玩了。

所以她要做出选择：要么是照老样子活着（尽管暂时是安全的，但无异于慢性中毒），要么走一条新路子（有可能失败或被嘲笑，但也有可能拥有快乐）。

上面是一个假想的例子。我们来看一下《魔戒》。小说中的很多人物都有他们自己的关键时刻，都与魔戒有关。小说几乎就是在研究不同的人对魔戒的不同反应。甘道夫、法拉米尔、博罗米尔、阿拉贡、山姆、咕噜、比尔博、凯兰崔尔、萨鲁曼等都有过拥有魔戒的机会。

但是小说的主人公是佛罗多。三部曲中大部分时间都是他拿着魔戒。他的心结就是他想把魔戒的魔力为自己所用。代价则是摧毁他珍视的一切，他自己的灵魂也会因为魔戒的腐蚀力而被扭曲。佛罗多很清楚这些代价，可是海妖塞壬的歌声实在太具诱惑力。佛罗多的另一个选择，也是正确的做法，应该是抵制住魔戒权力的诱惑，去毁灭魔戒而不是被魔戒毁灭。

这是一个很好的冲突。（你也要给你的故事来一个这样的冲突。）你可以看到佛罗多似乎每走一步都险些被拉入错误的方向。拯救你的方法触手可及，你却拒绝，就算你危在旦夕，你的朋友命悬一线，但为了更堂皇的理由……天哪，我的神经可没有咱们的小霍比特人的神经那样强大。

在小说中，佛罗多的两种欲望相互冲突。黑骑士发出信号，催促拿着魔戒的人戴上魔戒，使用魔戒的力量——这样黑骑士就能找到魔戒。魔戒本身期望被找到，好回到黑暗魔君手里。想利用魔戒的隐形能力来避免危险几乎是不可能的。然而另一边，甘道夫、阿拉贡、凯兰崔尔等人劝他不要使用，以免心灵受到扭曲（更不用说其他人的性命）。这是一个强有力的内在冲突，它推动了佛罗多的心路历程，也引领读者一路向前。

小说家的目标是让主人公在最后一刻从两种选择中选择一种。佛罗多历经千难万险终于来到可以毁掉魔戒的末日裂隙边上，面临他最后的选择。他的朋友还在不远的地方进行战斗，他们能否取胜就取决于佛罗多在末日火山里的选择。

拿《星球大战》（第四部）来举例，卢克·天行者的心结是他对技术的信仰，相信人类和科学能战胜一切。他的另一个选择是相信原力，一种精神的、超越了人和科学的力量。卢克的关键时刻是在死星坑道上的追逐战，坏人穷追不舍，好人死去，好人的秘密基地就在死星的武器攻击范围之内。

卢克打开目标计算机，这暗示了他对技术的依赖。目标是为了把能量武器（质子鱼雷）射入到坑道底部的一个小门。在这种情况下，谁都会选择用目标计算机来指引导弹，这也是卢克曾经首选的办法。可是他已经尝试过原力，信仰高于技术，导师的话在他脑海中响起，鼓励他相信原力。

银河系最终能否解放，卢克需要做出选择。这是他的关键时刻。

## 为人物选择关键时刻

为了找到主人公的关键时刻，就要看清他的心结是什么。你已经知道他的心结是什么，你也想好了解决的办法，只要他肯抛下过去的生活、勇敢迎接新生活，他就能进入那充满阳光的美好的期许之地。弄清这些问题，你就可以开始设计主人公的关键时刻。

以下是你在设计关键时刻时需要注意的问题：

- **切合**——不用说，关键时刻是主人公的两种生活发生冲突之际。你已经想好新旧两种情况。主人公的关键时刻就是在这两种情况之间做出选择。
- **确保两种选择都有吸引力**——你的人物陷在过去的生活中难以自拔，虽然忍受着痛苦和伤害，但至少还有他难舍的东西。既然是新生活，那至少应该具备跟原来生活同样，甚至更大的吸引力。也许一开始，主人公看不到这一点，所以新生活应该能给予他以前的生活无法给予的东西，一定能为他解决问题。当然，代价是肯定有的。
- **付出代价**——主人公在关键时刻需要知道他选择的新生活是什么，也要清楚为了开始新生活所要付出的代价。如果一个人放下对自我的厌憎，决定要以积极的态度来面对自我，那么他可以说是背叛了那个总是骂他一无是处的父亲。如果一个人克服恐惧重新振作起来，这意味着她有可能在未来还会经历失败。

- **一路设置小的关键时刻**——在“激化阶段”的章节我们会详细讨论这个问题，但现在我只是提醒你记住，在做出终极决定之前你应该设置若干个小冲突。正如佛罗多在进入末日火山之前，他好几次在故事的关节点都被魔戒诱惑（还有好几次，他做出了错误的选择）；卢克隐隐约约地感受到原力的力量超过了技术的力量。所以人物在做出终极决定之前，应该做一些小的选择。

现在来为你的人物选择关键时刻吧。请做下面的填空题：

- 主人公的心结是________________________________。
- 给他带来的伤害是______________________________。
- 他之所以愿意生活在过去的原因是________________________________________________________。
- 人物可以获得的新境遇是__________________________。
- 新生活与过去生活的冲突是________________________。
- 新生活为人物提供的好处是________________________。
- 人物一开始不考虑新生活的原因是________________________________________________________。
- 经过一段时间后人物看到了新生活的好处是______________________________________________。
- 人物清楚要开始新生活需要付出的代价，他将面对________________。这个代价是他/她不完全确定自己是否愿意付出的。

## 综合考虑

看着炖锅里翻滚的食材，你现在要加入最后一样东西了。

问题是，为什么你的人物需要现在做决定？为什么是现在？拿那个在大楼横梁上的主人公的例子来说，在横梁的另一端，外来生物正向她步步逼近，她当然要马上立刻做出决定。是什么逼迫你的人物做决定且刻不容缓？这个你说了算。这是从小说第一页就指向的东西。

你并不需要现在就对所有情节一清二楚。你不知道你的小说最后能否成为《大白鲨》或《飘》那样的作品。我们现在要找的是能把你的人物逼到绝境、迫使他做出选择的那股力量。

冲突实际上是在拖延做出决定的时间。如果心结是对技术的过分依赖，解决办法是转而相信精神的力量，关键时刻就是迫使人物在技术和信仰之间做出决定。说起来简单，你的提问“为什么是现在?”就是给做出决定一个时间限制。

如果人物的心结是孤独痛苦地生活在怨恨之中，那么另一种选择是原谅别人、平息怒气，与仅存的家庭成员相依为命（《未竟一生》），关键时刻就像是他从围墙上纵身跳下，只不过是跳向围墙的这边还是那边。如果他还是不接纳他的孙女，她很可能就要离开农场。关键时刻促使他马上做出决定——要么还是老样子，凄凄惨惨戚戚，要么放下怨恨拥抱新生活。“为什么是现在?”迫使他不能再拖延一分一秒，要么立即行动，要么后悔终生。

通常在关键时刻到来之际，主人公的最后抵抗已经不起作用。他无路可退，已然认识到旧式的生活已经把他剥夺得一干二净。他已经没有什么可失去的了。最后，他睁开眼睛，瞟了一眼新生活，他可以清醒地做出决定了。

**我们已经知道，人物不到万不得已是不会做出改变的**。洪水凶猛都快淹到房子了，那个女人还是舍不得走。但是当洪水真的淹了房子，她的婴儿眼看着就要被洪水卷走，突然间祖母的棉被就不那么重要了。

所以尽可能地把你的人物逼到绝境，使他无路可退，直到他可以认真掂量两种选择，思考什么才是**对他**现实有用的。

你的主人公将面临什么样的关键时刻？当然，你还可以在写作中进行调整，但是你现在是怎么想的？

引用尤达大师的话："这要看情况而定。"

# 8

## 初始状态

不知道将来我能不能成为英雄，还是其他人将拥有这个名号，这些经历必须写下来。

——查尔斯·狄更斯：《大卫·科波菲尔》

想象你是一位家庭执业医生，人们有了小病小痛都是先来找你。一个新来的病人抱怨肩膀老是疼痛。她认为是肌肉拉伤，需要开一点止痛药。你也希望这只是小问题，但是你奇怪疼痛为什么持续了好几年。

于是你进行检查。病人把手举到某个位置时，肩膀开始疼痛。你检查了半天也确诊不了。可能只是小问题，也可能不是，你还需要进一步检查。

在小说开端，你的主人公也有无法被确诊的病恙。也许他很痛，痛到需要看医生，但他不一定去。他想办法自己解决，不用麻烦医生，他甚至不承认自己有病。

我听说过一件真事，一个人在餐馆吃饭，偶遇一位医生。就在他们握手的时候，医生敏锐地觉察到了问题，发现他的手抓什么都无力，于是建议他去检查一下。检查结果是他必须马上接受积极的干预治疗。但是这个人之前根本不知道自己的手出了问题。

因为你是按照本书的方法创造人物的，你对人物的问题一清二楚。就像放射科的医生已经研究透了病人的 MRI（核磁共振成像），准备跟病人谈，给他当头棒喝。可怜的病人，他却什么都不知道。

再次请出我们的图：

心结就是问题、麻烦，整个故事负责把主人公搭载到关键时刻。我们已经深刻了解了这两个端点的意义。有了这个理解基础，我们可以在这两点之间做一些文章了。

下图说明了心路历程的全过程：

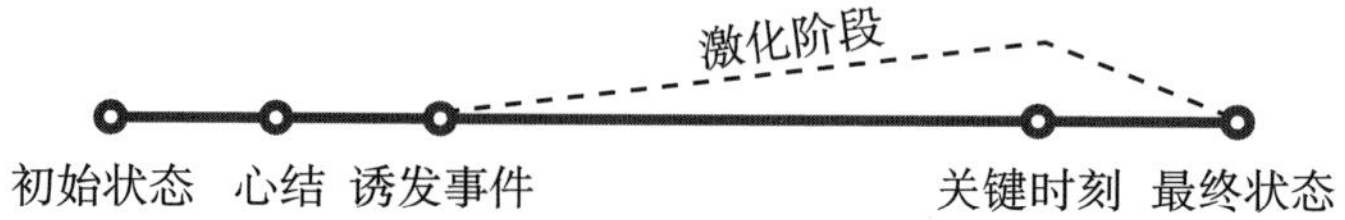


心路历程的其他阶段全部显示在一张图上。

简单来说，**初始状态**是小说主人公出场。在故事开端，我们同人物一起遭遇他的**心结**。**诱发事件**是把人物推上心路历程的诱因。**激化阶段**是新旧两种选择的冲突不断升级，最后是**关键时刻**。关键时刻的选择决定了人物的**最终状态**，人物在小说结尾处的样子。

## 从前……

本章最后，我们会以内心独白的形式对我们塑造的人物和他们的心结进行一个总结。内心独白在人物第一次出场时会派上用场（第二部分我们会讨论到）。

现在我们要像医生一样思考：尚未确诊的病对人物产生了什么影响？主人公的心结在小说开端如何搅乱她的生活？

拿好你的摄像机，镜头拉远再拉近。如果一个人（任何一个人），他陷在你精心设计的心结中，他会做何反应？尽情设想人物可能做出的不同反应，把可能的、符合逻辑的反应统统写下来。

比如写一个害怕被遗弃的人。我们要把一个害怕被遗弃的人能够做出的所有的不使自己被遗弃的行为都设想一遍。大胆设想，不要担心扯太远，大千世界嘛，无奇不有。

她害怕落单，所以她一直黏着她最好的朋友。她对男朋友言听计从，生怕哪天他会突然分手。她整天都挂在脸书和推特上，以此跟朋友保持高度密切的联系。她积极参加基督教青年会的露营活动。她有六个室友，养了13只猫。她硬逼所有的朋友和男朋友正儿八经地做出书面承诺，保证对她不离不弃，如果毁约还得交罚金。她早婚早育，生了九个孩子。她参加了小镇上她能想到的所有的委员会和俱乐部。圣诞节的平安夜是她血拼的好机会。她绑架了六个人，把他们关在地下室，只是为了有人聊天。

好了，打住，我真的扯得有点远。针对人物害怕被遗弃的心理我一下子想出了这么多可能的行为，你肯定也能想出很多。现在你要做的，就是将这些想法有选择地安放到你的人物身上。在讨论心结的一章中，我们强调过，形成心结的原因你必须清楚，你应该知道人物为什么会害怕被遗弃。所以记住导致她恐惧的原因，因为她后来所有的行为都是为了舒缓她的恐惧。继续加入你对这个人物的理解，她的核心性格及其他层次。由此推断，具有这样背景的人物为了减轻痛苦会怎么做？

一开始不妨想得大胆些、极端些。设想主人公在极端（最极端）情况下的行为，然后我们再往现实靠。

如果一个人物的心结是不相信任何人，也许最夸张的做法是他一个人住在山顶的小茅舍，周围布满电篱，还有好几条恶狗相伴。你应该可以想象出他日常生活的情形。如果最极端的情况是精神错乱，那神经衰弱的情况会是什么样？

也许他只养了一条狗，这条狗曾经是警犬。他在家里安装了最尖端的安防系统。他还雇了私家侦探去调查他要打交道的人，调查结果没问题他才与之交往。平时他阅读间谍指南，出门配备运动照相机，走路不时回头以防有人跟踪。

你可以想象他与人交往时的情形：半开玩笑地说要对你家实施秘密监控；在公共场合总是靠墙坐，以防背后有人突袭；恋爱谈得好好的突然分手——是为了防止女友跟他提分手。

吉姆·斯托维尔的《超级礼物》的主人公杰生·史蒂文斯是个被惯坏的孩子，他有一个超级有钱的爷爷。马克·史普拉格的《未竟一生》一开始描写了主人公艾纳孤苦的生活。苏珊·科林斯的《饥饿游戏》一开始，女主角凯特尼自愿参加饥饿游戏，以为自己有去无回，没想到最后赢得了总冠军。托尔金的《霍比特人》中，比尔博最初很满意自己平淡的生活，拒绝冒险。而在简·奥斯汀的《艾玛》中，主人公艾玛自视甚高，打定主意不结婚，热衷给别人牵线搭桥，最后自己却坠入了情网。

在《博物馆惊魂夜》的开头，主人公拉里离异、失业，为抢回儿子的抚养权被迫接受在博物馆值夜班的工作。《一吻定江山》的主人公记者乔希为了老板交代的校园调查任务一筹莫展，焦虑害怕。《蜘蛛侠》的主人公彼得只是一名普通的高中生，却暗恋美丽的玛丽·简。

看看上面这些例子，主人公在小说的一开始都是状态不佳，甚至很糟糕、纠结，心里一团乱麻。人物一开始就被卡住了。你的小说就是要把她从这种状态中解脱出来。

## 一团乱麻

陷在一团乱麻中的人物心情如何？

你是要给人物制造困难和麻烦，但不要让他们被困难和麻烦彻底击败。《欢乐满人间》里的保姆仙女玛丽·波平斯来到班克斯家，班克斯先生当时的心情很是纠结。但是他们的日子还是照常过下去，并没有让人觉出什么不妥。直到玛丽·波平斯给班克斯家悄然带去了种种变化，还导致班克斯先生丢了工作。玛丽随后离去，班克斯先生才感悟到如何向子女表达爱心，并开始认识到除了钱之外，还有很多值得珍惜的东西。

你的人物也应该这样。她的生活还能过下去。她碰到了问题，感到沮丧，但是她坚信如果她能做出新的选择，令她沮丧的事情就会不复存在。

让心结伤害她，但不要击垮她，或者说还没到垮的时候，她只不过是遇到了一些问题。她是一个完整的、真实的人物，有她自己的核心性格、天赋、外貌、热诚……只是她刚好遇到了一个心结。

前面我们提到过，你的人物一开始就应该是讨喜的、可爱的。他不能一上来就神经错乱，要乱也得等到后面才乱，这得由你控制。也就是说，人物一开始不能走得太远、太极端，得让读者先喜欢上他。

记住上面说的，现在就开始写一个小说开端，主人公是如何受到心结的困扰的。

## 内心独白

如今你已经想好了主人公在故事开端陷入困境的情形，你的人物塑造工作就完成了。

我们还有三章内容是关于人物的心路历程。但就这个人物是谁、小说中的她是什么样子而言，我们的任务已经完成了。

现在到了该对我们塑造的人物进行总结、综合的时候。

充分理解人物的最后一步是为他撰写一个内心独白，在他最后登场之前，让他身处一个理想的环境，做着最能代表他的事情，完完全全地表明他的本质。你就像一个有超自然能力的新闻记者，进入到他的心灵深处，记录下他的自我剖白。

我们在第 4 章结束时就可以做这项工作，因为那时我们已经明确了人物的形象及其形成原因。也许你真的应该在那时就写一份这样的独白，因为那时我们设计的人物新鲜出炉，她**独立于故事情节或心结**。也许在以后的其他系列作品中你还会使用这个人物形象，你就可以回顾一下这个内心独白。这个内心独白就像是一瓶封装好的酒，需要时你打开酒瓶，重新回味人物的本质。又像是给人物拍一个快照留存下来，或者用我更科幻的说法，冷冻人物的克隆人留待他日使用。

如果你在第 4 章结束时写了人物内心独白，那么现在你要为人物写一个新的内心独白（至少你得再附一个），不论你打算在什么时候把人物放进小说里。了解人物在绝尘独立的环境中，没被麻烦和时间叨扰过的样子固然重要，但是现在你要开始写小说了，你得知道这个人物身上一旦长了一个难以确诊的肿瘤，他还能保持原样吗？

## 设置舞台背景

现在来为人物出场设置舞台背景。把这个设想成一个梦或幻想，人物在一个理想的环境中灵魂出窍。

他在哪里？基于他的性格、成长背景、遭遇到的心结，他会出现在哪里？坐在小溪边的旧圆木上，围着篝火？在后现代的椭圆形办公室里？在壁炉边的懒人椅上？在充气划皮艇里？正在会议室的高档红木桌旁开高层会议？在宝座上？飞船上？考古挖掘现场？

人物希望从哪里出场呢？如果他知道自己将会被伟大的画家定格在一幅画作中，他会选择什么布景？《迷失》中的人物约翰·洛克也许愿意被定格在他走到失事飞机的机舱门口准备推开舱门的那一刻。一个满腔热血的士兵愿意被描绘成靠在已经被炸毁了一半的墙上，警惕地观察敌人的动向。

然后是选择服装。她穿什么？她喜欢穿什么衣服？什么衣服让她感觉最舒服、最适合她？松松垮垮的工装裤？抹胸式的晚装？牛仔裤和大码 T 恤？比基尼？婚纱？手术袍？如果人物要穿最能代表她个性的服装，她会穿什么？

还有道具和小动作。她当时在做什么？那个在小溪边篝火旁的男人正坐在圆木上削一块木头？清洗从小溪里打捞上来的鱼？烤肉吃？那个蜷缩在懒人椅里的女人裹着她心爱的针织软毛毯，在读一本有趣的小说，旁边桌子上放着一杯冒着热气的意大利浓咖啡？或者抱一只小狗抑或是一个笔记本？

设计了人物出现的地方和身穿的服装，就该想想他正在做什么。这个问题比他在哪里和穿什么重要得多。为他设计做什么这件事应该很好地体现他的性格。翻看之前做的人物塑造笔记，重点看人物的核心性格及其形成原因。

要考虑到人物的心结，但也不能考虑过多。她正在做的事情不应该完全是这个心结导致的。如果她的心结是因为一场使她的家人全部遇难的龙卷风，她就从此害怕开阔地，那也犯不着把她的出场场景设在地下 200 英尺的洞穴里，除非你真的很想把她刻画成疯子。所以既要考虑心结，但它又不是全部。多关注她的性格的长期表现，而不是她在遇到的问题时临时做出的反应。如果你在出场场景中打算写她做的事或说的话，那么就要暗示出心结对她的影响，即便她自己对此无知无觉。

## 该说些什么?

在这个意识变形的时刻，你得从一个奇异的角度直接洞视人物的心灵，他会说些什么？这是属于人物自言自语的时间。

你要做的是让她无拘无束地谈论自己。请她到舞台上做她愿意做的事，说她最想说的话。

捕捉她的思维方式和说话方式。回忆一下决定人物言行的因素。她是成长在大都市曼哈顿还是肯塔基的深山里？她说起话来文绉绉的还是压根儿就没上过学？她用词形象生动还是琐琐碎碎、寡淡无味？她在工作中使用的专业术语是不是影响了她的日常表达？

写这个人物的内心独白就是把你对这个人物的所有认识做一个概括总结，相当于写毕业论文。前期你对这个人物已经做了很多研究工作，现在该好好总结一下，梳理成文。

尽可能地写好这个独白。你要一直写到人物在你的脑海中完全清晰可辨为止——不仅仅是他的话题和说话的方式，还有他的思维方式。你现在正在做的，就是塑造他的**声音**。你是在用一种特殊的语言表达方式揭示人物对待世界的态度和思维方式。

电影艺术中，一个镜头就能展示人物的外貌、姿态、着装等其他一切外在的东西，小说却没有这样的便利。你必须通过展示人物说话的方式来向读者传达人物的本质。当你能够塑造一种人物说话的方式，读者一听就知道他是土豪，那么你就省去了很多笔墨去描写他有多土豪。当一个人物一开口说话，读者就知道她是谁，你再写“×××说”就显得很多余。所以你要做到：人物一开口说话就能使其与其他人物区分开来。

请看下面几个选段中的人物：

> 你要是真想听我讲，你想要知道的第一件事可能是我在什么地方出生，我倒霉的童年是怎样度过的，我父母在生我之前干些什么，以及诸如此类的大卫·科波菲尔式的废话，可我老实告诉你，我无意告诉你这一切。
>
> ——J. D. 塞林格：《麦田里的守望者》

> 我希望我的父亲或母亲，或者他们两人，都意识到了在决定我出生的那一刻，自己是在干什么，因为对于这件事情，他们俩都是责无旁贷的；如果他们适当地考虑过他们当时的所作所为是多么地事关重大——这不仅仅牵涉一个理性生命的产生，而且还可能关系到他健全与否的体格和气质，或许还涉及他的精神和思维模式——而且，尽管他们并不知晓，甚至他们全家的运气也可能受到当时最主要的体液和情绪的影响：如果他们对这一切做了

适当的掂量和考虑，从而采取了相应的措施，我完全相信，我就与读者见到我的样子截然不同了。[①]

——劳伦斯·斯特恩：《绅士特里斯坦·项狄的生平与见解》

很难去形容我脑中的嗡嗡声。显然是它把我唤醒了。我很难跟你这样拥有自由大脑的人解释。在那天改变之前，我们都没有自由的大脑，那还是在我记事之前，在我被允许记忆之前。我只是想尽量说得清楚些，好让你明白我在说什么。

不管怎么说，振动让我醒了过来，这意味着某个人需要调试。这种情况很少发生，但它还是发生了。起得真早啊。克赖顿，我讨厌早起。我埋怨那个嗡嗡的声音，但也有可能不是它。你可能觉得他们是想我继续睡觉的。否则，我如何执行？

——凯瑞·尼采：《一颗奇怪的唱歌的星星》

我，提贝里乌斯·克劳迪斯·德鲁苏斯·尼禄·日耳曼尼库斯等等等等（我不应该拿我的全称来烦你），曾经，不久前就是我的朋友和亲戚以及同事眼中的“白痴克劳迪斯”、“那个克劳迪斯”、“结巴克劳迪斯”或“克一克一克劳迪斯”，最好的称呼是“可怜的克劳迪斯叔叔”。我打算写一写我传奇的一生。从童年写起，一直写到大约八年前，我的命运转折点，我 53 岁的时候，突然发现自己陷入我所谓的“黄金困境”，再也无法脱离。

——罗伯特·格里夫斯：《我，克劳迪斯》

## 写吧，小说家

现在开始写故事场景。

---

① 该选段参见蒲隆译的《项狄传》，4 页，上海，上海译文出版社，2012。——译者注

做好准备。请你的人物上场。描绘他的穿着和行为。然后开始独白。请用第一人称写。除非他是一个国王，得用皇家用语，或者是精神分裂症患者对自己臆想的听众演说。

写上一页，七页，二十页，一直写到你能确定这个人物的声音为止。这种写作方法对你来说也许很新颖，如果你乐在其中就继续写。你在小说的写作过程中，可能随时需要回过头来看这个独白，可能还会添加一些内容，就是为了对人物的形象和心理始终有正确的把握。

这份内心独白就是人物的“圣经”，是你对人物进行独特的性格研究后的积累。你需要时不时地参考。

记住在独白中要暗示一下人物的心结。让他提到这个心结，但不要做过多停留。暗示他是知道这个心结的存在的。表明他为什么身处现在的生活，为什么在不如意的状态下他仍然不愿意改变。然后再谈人物性格的其他方面。

当你感觉你对这个人物形象十拿九稳了，让他描述一个房间或一场车祸或一个人。看他怎么应对一连串的事情，你要确保自己清楚这样一个人物在某一件事情发生后他会怎么反应。

最后，再请另一位人物上台。看他与这个人物怎么交往。你需要知道这一点。也许多找几个人或一个群体让他去交往。你应该保证在其他声音和人物性格类型出现时，你塑造的人物的声音和性格是一以贯之的。

当你完成了这个最后的人物塑造练习（多练几次），尝试写一下有两个或多个人物在场的场景。试着从每个人物的视角来写同一个场景，区别他和她的不同视角、变化的声音。当你真正能做到以上这些，你在人物塑造方面就算是成功啦。

## 赶快！

祝贺你已经塑造出了属于你的独特的人物。这真是一件值得庆祝的事情。

你刚才写下的场景不仅仅可以用在塑造人物的环节。在本书第二部分谈到情节时还能用得上。

也许你现在写的人物是在一座玫瑰花园——因为这是人物出场理想的场景，但是为了小说的需要，你得把场景换成在火车中。没关系，换就是了。鲜玫瑰变成玫瑰标本，就夹在她阅读的小说里……

当你完成了这个场景创作，你对人物从里到外就都十分清楚了。你已经做好了让他正式出场的准备。你感觉这个人物蠢蠢欲动、呼之欲出。但还是请你克制一下，我们还需要追踪完人物的心路历程。

# 9

## 诱发事件

“我不能告诉你我显形的样子。不过我坐在你旁边已经好几天了。”

这可不是什么好事。斯克鲁吉打了一个寒战，擦去眉毛上的汗珠子。

“我的赎罪之路可不轻松，”鬼魂继续说道，“今晚我来这里是想警告你，你是有机会和希望逃脱惩罚的，埃比尼泽。”

“你跟我向来交情不错，”斯克鲁吉说，“别这样啊!”

鬼魂还是继续说下去，“你会被三个精灵缠上。”

斯克鲁吉的脸色马上变得跟鬼的脸一样白。

“你刚才是不是说了个什么机会和希望，雅各?”他结结巴巴地问。

“是的。”

“我，我还是算了吧。”斯克鲁吉说。

“没有他们，你就别指望能避开我走过的路。”

——查尔斯·狄更斯：《圣诞颂歌》

带着这个严厉的警告，埃比尼泽·斯克鲁吉开始了他曲折的人生道路。三个精灵来到他身边，向他展示他犯下的错误。在故事的最后，他获得了重生的机会，他做了一个彻底改变人生的决定。

你也要把你的主人公送上这样的人生之旅。努力让她从心结一路走到关键时刻。小说里的人物也许并不愿意迈开第一步，但是你却要扼住她命运的咽喉，迫使她一步步前进。

诱发事件就是你作为人物命运的主宰，登上了人物命运的大船，接过方向盘，一路惊涛骇浪。也就在这一时刻，主要情节以势不可挡之势入侵人物的生活，人物无可回避。

回想一下小说或电影中的诱发事件。雅各·马利的鬼魂拜访斯克鲁吉。多萝西的房子被龙卷风摧毁。13 个小矮人出现在比尔博面前，催促他走上冒险之旅。气象预报员菲尔·康纳斯发现他的日子停在土拨鼠日那一天再也翻不了篇儿，他只能重复过着同样的生活。闪电麦昆因为迷路跑到了水箱温泉镇。小说家保罗·谢尔顿被他的“头号粉丝”挟持，直到他同意在书中让这个粉丝最喜欢的人物复活才被释放。美国橄榄球联盟的风流球星乔·金曼的单身日子因为他闻所未闻的八岁女儿而终结。

摄像机要从这些人物原有的生活挪开，聚焦到他们不曾预想到的轨道上。让他们措手不及。

但是你知道他们必须沿着改变后的人生轨迹走下去。

## 挫折到来之前

我们先看一下心路历程的全过程图：

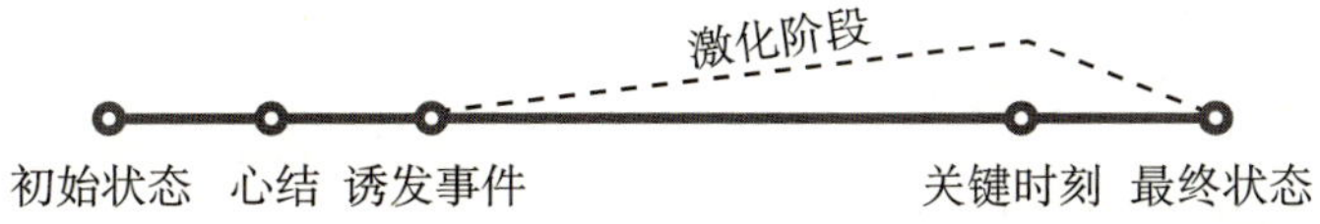


你的人物过着还算过得去的生活，虽然有一个心结，但是大部分时候可以和现实妥协，后来却发生了一些他始料未及的事情。他还不知道，这件事将会给他的生活带来转机，意味着这个世界在乎他的存

在，希望他好好地生活。当诱发事件发生时，他觉得它是个大麻烦，恨不能赶快解决，他好回到过去（安定却有着暗涌）的生活。

但是你不允许他回到过去。

第二部分我们会全面讨论这些内容。我相信**在破坏常态之前必须先构建常态**。

新手小说家通常在小说一开始就马上进入主要情节。某人冲进房间开枪扫射所有人，小说剩下的就是讲述唯一的幸存者的故事。或者是女主角宣布她要离开男主角，男主角就在剩下的小说中奋力追回女主角。

“中间开场”的写法有时候很好用——用得好的话，效果奇佳，但是成功率不高。大部分小说家还是坚持按照时间先后顺序的线性写法，特别是刚开始写小说的时候。如果没做好，中间开场这种写作策略就会失败，因为读者没有对人物产生兴趣。嗯，那个陌生人被射杀了，真糟糕，太可惜了。那个女孩离开了那个叫什么来着的男孩真糟糕，男孩惨了。为了让读者充分理解故事中发生的事件对人物的影响，还有这个事件是如何推动故事的，他们需要首先关注这个人物。所以你应该花些时间写写他本来的生活。

这个道理也适用于写心路历程。你不能在我们完全不了解风流单身汉的生活的情况下突然让一个八岁的小女孩出现在他家门口。否则，我们就不知道这个女孩的突然闯入对他的生活意味着多么大的改变。如果《圣诞颂歌》第一页就写鬼魂到访埃比尼泽的卧室，而我们完全不知道埃比尼泽是个大骗子——没有“之前”这一说，怎么还能用它与“之后”形成鲜明反差呢？

开始设想人物的生活。你已经对你所要塑造的人物了然于胸，在小说的前 30 页里你要展现她现在的生活。你在脑海里编纂了一部人物“圣经”，所以你知道她是谁，她是如何看待这个世界的。你已经为她做了一份全面的介绍，每一点你都记得一清二楚。你了解她的性格及其性格的表现层次。你甚至知道她的初始状态，她在小说开始时的样子。

你要达到的目的是：(1) 让读者知道她是谁；(2) 读者开始关心她；(3) 读者了解一点她的心结，然后你再往她的人生丢一颗原子弹。

## 抱歉打扰一下

诱发事件可以是任何一件事情，没有好坏之分。唯一一条判断诱发事件是否精彩的原则是：**它必须把人物引向关键时刻**。

托尼如果不是那天晚上参加体育馆的舞会时遇上玛利亚，他就不会变成杀人犯而亡命天涯。要不是魔戒来到佛罗多身边，最后他就不会去末日裂隙。卢克·天行者因为两个二手的机器人被卷入一场冒险中，最后靠发射质子鱼雷摧毁了死星。摩西如果不是看到了神秘燃烧的荆棘，就不会带领以色列人出埃及。若不是因为美女的出现，冷峻的侦探不会身陷一团乱的局面。

正如《星球大战Ⅰ》的宣传语所言，“每个传奇都有一个开头。”

在詹姆斯·邦德的每一次冒险中，007 都有他的任务。从接到任务的那一刻开始，007 就被无情地推上完成任务之旅，从这一刻到主要的冲突发生之时还有段时间。在几乎所有的探索故事中，总有一个先驱者会宣布冒险开始，主人公注定要跟怪物决一死战。从冒险开始到决一死战之间，还会有很多情节的曲曲折折和起起伏伏。

把关键时刻想象成一个黑洞，一头猛犸象的血盆大口把什么都要吞进去。尽管你的主人公还不知道他要面对的关键时刻，但是黑洞的巨大吸引力正在将他一步步地引向黑洞的边缘。

诱发事件就像是牵引光束，它抓住你的人物并把她拖到野兽嘴里。

想想你的人物的心路历程。你知道她现在在哪里（初始状态），将会到哪里去（关键时刻）。现在思考会发生一件什么事情能把她从原来的道路上拉开，并把她送上她命中注定的道路。

## 倒退一分钟

倒退也许会很有用。从人物的关键时刻思考："发生了什么事情致使她来到关键时刻？一定是发生了什么才迫使她面临重大决定。"再从这里倒退："在她即将到达关键时刻时发生了什么？"一直退，退到你能看清关键时刻和初始状态的联系为止。

我们以乔治·伯纳德·萧恩的《卖花女》（或百老汇的音乐剧《窈窕淑女》，它们讲述的是同一个故事）为例。

语言学家希金斯教授试图把女主角伊莉莎·杜利特尔从一个街边言语粗鲁的卖花女训练成出身高贵、谈吐文雅的淑女。伊莉莎的关键时刻是，希金斯教她温文尔雅的谈吐却不用温文尔雅的方式对待她，只把她看作是卖花女："对了伊莉莎，去订一个火腿和斯提尔顿干酪好吗？还有去艾尔和宾曼帮我买一副鹿皮手套，八码的，还有一条配我套装的领带，颜色你看着办。"

在希金斯眼中，伊莉莎可以学习像贵妇一样的言谈举止，但是她永远都只是下等人。而书中的另一个人物（皮克林上校）却把卖花的伊莉莎视为淑女，希金斯过去和现在都把她视为一个试验品或宠物，而皮克林却给予她尊严。

伊莉莎对皮克林说：

> "你看，真的，除了能学的东西（穿着打扮、说话的方式等等），淑女和卖花女之间的区别不在于她怎么行为举止，而是她如何被训练。在希金斯教授眼里我永远是一个卖花女，因为他就是像对卖花女那样对待我，永远都是；但是我知道我可以成为淑女，因为你总是待我如淑女，永远都是。"

伊莉莎过去认为自己是卑微的、一文不值的。她的新选择是相信自己是有价值、有权利的。这是她关键性的决定——她会选择哪一种信仰？希金斯看到她完成了训练成为了淑女，却还是在精神上把她打回原形，正是这一点促使伊莉莎要对自己的人生做出选择。

伊莉莎是怎么回答买干酪和手套的吩咐的？“你自己去买吧。”

太好了，伊莉莎！好姑娘！

所以我们看到伊莉莎是怎么处理她的关键时刻的。我们现在的任务是从这一个点回到最初，她还是街上脏兮兮的流浪姑娘，住在伦敦外来移民的贫民区，日子不比厨娘好过多少。我们就从关键时刻倒退。

你在情节还不明确的情况下就可以这么做。用你的推理，我亲爱的华生。如果关键时刻的决定要么是皮克林教会她自尊自重，要么是希金斯让她甘愿做一只被训练的猴子，可想而知，这两个男人都给她上过课，都对她的人生产生了重大的影响。既然如此，那肯定要来一段接受训练的故事。

结果是怎么产生的？为了找到答案，我们就得从终点一步步倒退。伊莉莎肯定受到了两个男人的教导。肯定有这种或那种的安排，所以我们能看到，不是她找到他们，就是他们找到她，然后才有教导这回事。这个问题就可以写一到两个场景。

但是他们是怎么认识的？像皮克林、希金斯这样的绅士是不会主动去认识伊莉莎这样的女子的。所以他们的相遇肯定是两个世界发生了交集。正是他们意外的相逢才有调教伊莉莎成为淑女的想法。试想需要哪些场景来完成以上情节。

我们刚才就是通过倒退的方式梳理了人物是怎样从最初一路走到关键时刻的。

伊莉莎和希金斯、皮克林相遇的情节把人物带上了他们此前从未想过的旅程。这就是一个诱发事件，它把人物带到小说的主要情节线中，一直引向人物的关键时刻。

你也要在你的故事中倒退。从人物的关键时刻倒退，退到那个起初改变他人生轨迹的时刻，那个时刻发生的就是诱发事件。

顺便说一句，人物心路历程的诱发事件和第一主要情节部分的结尾有一定联系。虽然它们不是一回事（诱发事件往往发生在小说前面的部分），但是它们都是通往小说主要情节的那道拱门。

## 什么才是好的诱发事件?

我之前说过，对诱发事件唯一的要求就是能把主人公带向关键时刻。如能做到以下几点，则可以加强“诱发”的效果。

一个好的诱发事件是读者始料未及的。大多数时候，诱发事件应该像偷袭珍珠港。它给人物以突然袭击，人物中了埋伏，被带上了一条未曾预想过的、（通常）也不愿意走的路。在伊莉莎的例子中，人生的转变更像是一个机遇，就看主人公能不能抓住机遇。摩西的诱发事件是因为他的好奇（为什么荆棘在大火中烧不毁?）。《狮子、女巫和魔衣橱》中的诱发事件是一个发现，即发现魔衣橱的机关。这个诱发事件就仿佛是高速公路的一个出口，人物出了这个口就开始朝新的方向行进了。

好的诱发事件应该跟主人公的心结有关系。主人公可能目击了一场犯罪，然后被抓住了，但是她不知道这究竟是怎么回事，直到后来她才明白。菲尔·康纳斯只想赶快报道完土拨鼠日离开彭苏唐尼镇，不曾想他进入了时间的真空地带，除非他彻查自己的个性，否则就会永远停留在土拨鼠日的那一天。好的诱发事件一开始表现为人物一时遇到的麻烦，殊不知这麻烦就是为人物量身打造的。

一个好的诱发事件会给人物带来巨大的改变。这个诱发事件不能是可以轻易摆脱的麻烦。当乔·金曼的女儿敲开他的门，乔企图关门了之，继续他的生活。可是一个八岁的女儿是不能被随随便便打发走的。斯克鲁吉是躲不开一心找上门的鬼魂的。亚哈船长也不想被白鲸吞掉。

好的诱发事件要求主人公有所行动。如果诱发事件真的是珍珠港被袭，那么它的发生必须要对主人公产生影响。如果主人公是住在非洲的小矮人，珍珠港被袭就跟他半毛钱关系都没有，这不是一个正确的诱发事件。正确的诱发事件应该是能够直接对人物产生影响，而且要求人物做出回应。

一个好的诱发事件应该跟整部小说完美配合。换一种说法，无论你选择的诱发事件是什么，整个故事都应该因它而起。如果你想写一部轻松的鸡仔小说，写女孩们一起逛街，那么千万别安排主人公得了晚期子宫癌作为诱发事件。你的诱发事件要与整部小说的基调和创作目的相协调。

## 你的小说

看，那就是你的主人公，原本过着她自己的生活，她隐忍着，尽量让自己过得不错。突然，发生了……什么？你希望她被什么力量牵引到关键时刻？

诱发事件是对你的主人公旧日的生活宣告终结。不管他喜不喜欢，这个干扰都是一次炮击，它逼迫你的主人公走到人生的边界。正如没有偷袭珍珠港就没有我们的现代社会一样，如果只有主人公孤单一人，没有诱发事件，他是永远无法到达那个决定性的、拯救性的关键时刻的。诱发事件宣告旧日生活的终结——同时也是新生活的开始。

# 10

# 激化阶段

提伯尔特：罗密欧，我对你的仇恨使我只能用一个名字称呼你——你是一个恶贼！

罗密欧：提伯尔特，我跟你无冤无恨，你这样无端挑衅，我本来是不能容忍的，可是因为我有必须爱你的理由，所以也不愿跟你计较了。我不是恶贼；再见，我看你还不知道我是个什么人。

提伯尔特：小子，你冒犯了我，现在可不能用这种花言巧语掩饰过去；赶快回过身子，拔出剑来吧。

罗密欧：我可以郑重声明，我从来没有冒犯过你，而且你想不到我是怎样爱你，除非你知道了我所以爱你的理由。所以，好凯普莱特——我尊重这一个姓氏，就像尊重我自己的姓氏一样——咱们还是讲和了吧。

茂丘西奥：哼，好丢脸的屈服！只有武力才可以洗去这种耻辱。（拔剑）提伯尔特，你这捉耗子的猫儿，你愿意跟我决斗吗？

提伯尔特：你要我跟你干么？

茂丘西奥：好猫精，听说你有九条性命，我只要取你一条命，留下那另外八条，等以后再跟你算账。快快拔出你的剑来，否则莫怪无情，我的剑就要临到你的耳朵边了。

提伯尔特：（拔剑）好，我愿意奉陪。[1]

——威廉·莎士比亚：《罗密欧与朱丽叶》

这个情节可不只是小说中的激化阶段。双方怒火中烧，已经到了性命攸关的时候。

主人公的心路历程必须经历激化阶段。事态不断扩大升级的结果就是将她推到关键时刻。

在诱发事件和关键时刻之间，存在一个美妙的地带，即向荣耀巅峰的攀升。这个向上攀爬的过程就是主人公心路历程的核心部分——你小说的核心。在本书第二部分谈论情节的时候，我们会讨论到，大部分的激化阶段发生在三幕式结构中的第二幕，刚好是你的小说最有意思的部分。

这是心路历程的全图：

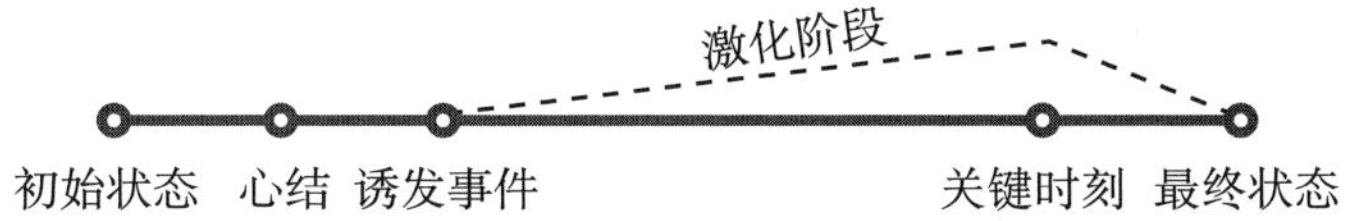


从图中你可以看到激化阶段的重要意义和中心地位。如果诱发事件是人物弧线的开端，关键时刻是弧线的顶端，那么剩下的部分就是小说实实在在的内容。在这里，新旧两种生活道路的冲突不断升级，要用军事术语（本章适用的调调）描述的话，我喜欢称之为“军备竞赛”。

## 相互叫嚣，置对方于死地

与《罗密欧与朱丽叶》的主题一致，下面是《西区故事》的

① 引文摘自朱生豪等译的《莎士比亚全集》，第四卷，659～660页，北京，人民文学出版社，1994。——译者注

片段：

里夫：我们要把你打得嗷嗷叫。给我滚远点，别想再回来。明白吗？

伯纳德：凭什么？

里夫：随便你怎么想，伙计。你惹毛我好多次了。

伯纳德：是你开的头。

里夫：今天下午是谁打了阿拉伯？

伯纳德：是谁在我来这儿的第一天就打了我？

里夫：谁让你来这儿的？

伯纳德：谁让你来这儿的？

雪孩：滚回你该去的地儿！

阿拉伯：滚回你原来的地方！

阿克星：滚开！

皮皮：黑鬼！

印迪欧：黑球！

伯纳德：放马过来吧！

里夫：时间？

伯纳德：明天？

里夫：河边。

伯纳德：公路下边。

[他们握了握手。]

里夫：武器！

伯纳德：武器……

里夫：你说了算。

伯纳德：是你提出的挑战。

里夫：害怕了？

伯纳德：……棍子。

里夫：……石头。

伯纳德：……杆子。

里夫：……罐子。

伯纳德：……砖头。

里夫：……球棒。

伯纳德：……棒子。

托尼：瓶子，刀子，枪！［他们对视一眼］人都在呐！

——欧内斯特·勒曼：《西区故事》剧本

这些小伙子都气得脑门冒烟，用棍子打架都不解气。所以一个人建议用石头，另一个人马上提议杆子。而一开始提议用棍子的那个人又要用砖头，武器不断升级。

这就是主人公心路历程的激化阶段。

记住，你的人物遇到了问题。有一个心结正在伤害她，尽管她还不明就里。她还在尝试与生活中的问题妥协，如果她不去处理，最后厄运就会到来。回顾一下人物的心结。心结是什么？给她造成了什么伤害？

如果你设计的心结是一个好结，那将不会被轻易解开。人物的心结不能是雪地靴没扣好就会输掉比赛，而应该是他心理层面的痼疾：恐惧、愤怒（实质上还是一种恐惧），认知上的错位最后将他分裂。

用比喻的说法，一个好的心结就像一个隐藏在器官和大动脉上把自己层层包裹起来的囊肿；一个好的心结就是藏匿在地下战壕里的敌人。

为了驱逐这个敌人，我们不能简单地射杀他。我们也不能随便丢一个炸弹就想取得胜利。敌人是狡猾的，他藏匿的战壕修筑完好，一颗小炸弹是撵不出他的。我们要用更大更强的炸弹，甚至用到掩体克星之母，才能把这个敌人给轰出来。

这就是在激化阶段你的人物需要经历的。她想留在旧日生活的壕沟内。可能并不舒服，但也好过其他现行的选择。就在她安稳度日的某一天，一场意外的突袭不期而至（诱发事件）。平静的生活被打破，真是恼人至极，但却无法忽视。突袭过后硝烟不散，她尝试着摆平一切却未果，然后她再用新的办法。现在小麻烦滚雪球般变成了大麻烦。

《牛仔裤的夏天》中，蒂比想独立拍摄一部电影。她想通过一部纪录片来记录自己糟糕的生活。有一个叫贝利的女孩跑来找她，问了很多关于纪录片的问题，希望成为她的助手。蒂比不想贝利帮忙，想让她离开，可是贝利坚持不走。贝利成为蒂比的麻烦，弄得蒂比很烦躁。

你也要对你的人物这么做。诱发事件之后你要及时跟进人物生活中出现的新事物。它就是一个入侵者。诱发事件是一次入侵，它给了敌人一片滩头阵地，现在敌人开始在阵地上部署兵力。问题一下子就变得严重了。

波多黎各人仍然不断进入“火箭”的地盘（《西区故事》）。越来越多的男孩从拉尔夫的手下转投杰克（《蝇王》）。无论变成了大甲虫的格里高尔怎么说，家人都不相信他就是格里高尔（《变形记》）。尽管佛罗多不想离开夏尔，但是魔君的侍从离他越来越近，危及到了他的朋友和家人（《魔戒》）。

在这样的情形下，显然下一步需要采取更激进的措施。

## 决斗

让我们运用想象。你的人物有一个令他的生活很不理想的心结。整部小说旨在让他明白过去的生活在如何伤害他，他可以选择什么样的新生活。诱发事件是第一声枪响，新旧两种生活之间的战争从此打响，从诱发事件到关键时刻，其实就是两种选择之间的决斗。

决斗基本上就是激化阶段。主人公希望留在原地，新的生活试图将他带离原地。主人公抗拒一番，赖在原地不走，陷入极端。问题似乎暂时平息。但是新生活再次诱惑他，以更具诱惑力的方式，使主人公无法抗拒。主人公迈出了他不情愿的第一步，但是挑战远远没有结束。

新生活当然会以更强有力的方式回来找他，他则需要使出浑身解数才能抵挡。他不能再逃避现实了，他再也无法不直面他的恐惧。决斗不会停止，直到主人公崩溃。要么是他黔驴技穷以失败告终，要么是他超越了自己，把自己都吓了一跳。终于，他明白了新生活的可盼、可贵之处，过去的生活是如何伤害他的。

那就是关键时刻，一个他可以改变的机会。在这之前，他不过是紧紧抓住过去的生活不放手。其间他也看到了新生活的好处，但他就是不肯认真地考虑。但是现在他可以了，他也必须这么做。这就是你从小说第一页开始一直努力要做到的事情。

如果没有不断升级的军备竞赛，小说就到达不了关键时刻。如果诱发事件之后没有敌人的追捕和步步紧逼，他还是会被旧日的生活拉回原位，从而忘了他一时受到的困扰。**不断升级的决斗旨在把人物从一团混沌中引到他可以改变的机会**。

## 有我呢， 宝贝

电影《土拨鼠日》（又名《偷天情缘》）是一个很好的激化阶段的例子。菲尔·康纳斯是个傲慢、自私又超级自恋的人。他作为匹兹堡电视台的气象预报员被派到彭苏唐尼去报道土拨鼠日。这也是菲尔最后一次报道土拨鼠日，因为他就要跳槽去一家无线电视台。带上摄影师和对菲尔有好感的新日目制作人瑞塔，他们一起前往彭苏唐尼镇。

土拨鼠日庆典结束后，一行人准备打道回府，不料暴风雪来袭，所有的道路都被封闭，菲尔等人被迫返回彭苏唐尼。菲尔回到原来住的旅馆。第二天早上醒来，他发现新的一天还是土拨鼠日。这是诱发事件。菲尔觉得莫名其妙，但还是把这一天当成是他的错觉赶快过完了。第二天早上醒来，你猜到了吧，还是土拨鼠日，而且没有人觉得重复或奇怪，只有菲尔自己知道是怎么回事。

菲尔·康纳斯开始自我毁灭。看这个故事的决斗是如何升级的：

一开始，菲尔试图逃离这个局面，他想从这个怪梦中醒过来。他很沮丧，靠喝酒来缓解郁闷。后来他决定利用这个怪圈，他暴饮暴食，打劫车辆，勾引女人，今朝有酒今朝醉。无乐不作之后是空虚，他越来越压抑沮丧，实施了各种各样的自杀行为。但是第二天醒来他还是躺在那张床上，等待他的还是同样的土拨鼠日。

怎么理解不断升级的抗争呢？菲尔原本认为自己不可一世，但是当超自然的厄运降临到他头上，他只是一个被操纵的个体，无力自主。

他试图逃脱这个日复一日的怪圈，但所有努力都被证明是没有用的，直到他开始反省自己，他必须通过寻找真爱来打破符咒，迎接心路历程的最后一段。

《土拨鼠日》是最能说明心路历程激化阶段的例证。另外，这部电影拍得很不错。可以看看这部电影，去领会一下激化阶段的真意。

## 踌躇与摇摆

从比喻意义上理解激化阶段和看别人的例子是一回事，但是真的要在小说中写好激化阶段又是另一回事。

理解以下两点很重要：如果维持过去的生活不变，将会给主人公造成什么样的伤害？新的选择又将带给他怎样的光明未来？

激化阶段的要义就是展示人物在错误的道路上越走越远。她想继续停留在错误的生活里，而你决不允许。你给她救赎的一拳就是为了迫使她觉悟到旧日生活对她的伤害，按照老样子生活下去无法善终。你把她引领到关键时刻，她会在那儿做出最终的决定，即是告别旧日生活还是要退缩到过去、永远迷失。你为她选择的新路无论是什么，都会跟过去的老路形成鲜明对比，都是完胜过去的美好未来。

文学作品中的经典悲剧性错误是野心。这是麦克白的问题。我们假设你的女主角的心结也是野心。她为了获得事业上的成功不择手段。她擅长背后捅人一刀、拍马屁、告密等一切能让她踩着别人向上爬的事情。

能够压制她的野心的人是你。你希望她能意识到她的行为会导致家人和朋友都疏远她，她最后也许能爬到顶端过上她想要的富有生活，但却是孤身一人，还得终日提防她的竞争对手。你要再为她设计一个事件，通过这个事件她能看到生活的另一种可能：也许事业不是那么成功，可是她生活得很快乐，她被满满的爱意包围着。

两个重量级的拳击手站上擂台。守擂者是她现在的生活——为了成功富有不惜一切代价。挑战者是新的生活——放慢脚步享受亲情、友情、爱情的“富有”和充实的生活。

她之所以不愿改变是有理由的。这个理由能帮她克服她的恐惧或证明她母亲是错误的或让她父亲骄傲。总之，这个理由是很私人、很根深蒂固的，但是毒性很大，就像一点一点侵蚀心脏的毒药。

现在，你要怎么做才能让她明白新的生活比她现在的生活好？现在的生活有它的不好，但是它毕竟有其价值：证明她母亲是错误的（或者其他可能的理由）。

你知道她的关键时刻是什么，你也设计好了诱发事件。现在的任务就是让两种生活选择之间的冲突升级。诱发事件之后，她还想继续追逐成功往上爬。你打算怎么阻止她？你怎么激化冲突？

也许你的诱发事件是：一天早晨在上班的路上，她一边开车一边通过苹果手机关注股市，结果发生追尾。她跳下车发现她追尾的车主是一位年轻的母亲，跟她的年纪一般大，还有三个小孩坐在后排，由于受到惊吓哭个不停。她马上帮忙把小孩和小孩的母亲从车里弄出来。其中一个小女孩送给她一个舞会用的头饰以表示感谢。主人公处理好一切后就接着去上班。

一到办公室她就变身为气势汹汹的斗士。她坐到桌前，包里的东西掉在地上——她看见了掉在地毯上的头饰。她突然想到给保险公司打电话，确定一下刚才的事故是否已经处理好了。她得到了年轻母亲的地址，发现她们没有保险。她的心突然揪了一下，因为她想到，万一小孩受伤怎么办？谁来照顾她们？但是没时间想那么多了，她马上要开一个会，她是委员会的主席，中午要跟新来的副总吃一个很重要的午餐，下午两点她要解雇三个员工，于是她匆匆离开了。

直到某一时刻她再次想起那个女孩。

接下来应该知道故事如何发展了吧。我觉得朱迪·福斯特应该来演这个女人。坚强的外表是为了掩饰一颗柔软的心，但是某样东西正在融化这个坚硬的躯壳。

激化阶段就是两种生活方式的相互冲突，一种是舒服的但隐隐的不满，一种不一样、不太对劲的感觉，但也很有吸引力。随着故事的推进，这种相互作用不断强化，这就是故事。旧日的生活企图掌控全局，新的生活一直在寻找突破口。她在两种生活选择之间弹来弹去……直到到达顶峰。

《杀死一只知更鸟》中的斯各特在种族冲突中摇摆在勇敢和懦弱之间。《泰坦尼克号》里的女主角萝丝在旧式生活（嫁给一个有钱人好拯救她的家庭）和新生活（跟贫穷但快乐的画家私奔）之间犹豫。《觉醒》中的艾德娜不知道是继续陷在笼罩整个社会的压抑情绪中，还是在她发现的真相中获得精神上的解脱。小说家艾历克斯·罗弗在面对小女孩的求救时，在广场恐惧症和冒险精神之间踌躇（《尼姆岛》）。

你捕捉到关键要素了吧？犹豫不决。并不是说人物的意志薄弱，而是说此前人物的人生中只有一种主导力量，现在却有两种。一切都不再是确定的，一切都悬在半空中。

你的人物的心路历程的两大冲突是什么？它们发生冲突的情形是怎样的？新生活的诱惑力是如何大到让人物犹豫不决的？

## 人物什么时候改变？

没有人喜欢改变。我们喜欢安稳和熟悉的生活，因循守旧。

然而，我们会受到火力密集的请求改变的猛攻。旧车不好，该买辆新的了。别在家里吃，下馆子去。别在那家吃，在这家吃。别投那个人的票，投这个人的。别看那个剧，看这个剧。现在就打电话，别再等待！优惠限时抢购中。

改变的诱惑力很大，我们在掂量的过程中产生了某种抵抗心理。如果不做一番思想斗争，我们很快就会被别人说服，没有主见，支票轻轻松松就签出去了。（等等，那就是正在发生的事情！）

你的人物就像你我，他们也不喜欢改变。他们虽然觉得生活有不如意的地方，但也找不到更好的解决办法，也就只能将就着过下去，不劳你费心。

人——无论是真实的还是虚构的——都不会轻易改变。他们会本能地抗拒改变。实际上，你越是逼迫他们改变，他们越是强烈反抗。

为了促成改变，人物必须彻底相信他现在生活得不太好。激化阶段就是要说服主人公他需要改变，他是无法承受不改变的后果的。

**人是一定要到无法承受的地步才会做出改变的**。人物是在被伤害到无以复加的境地才会改变。

设想一个开音像店的女人，我们叫她凯特。音像店开在市里很好的地段。凯特的父母在三十年前就开了这家店，凯特知道自己会接手，七年前凯特正式成为音像店的老板。情况刚开始还不错，毕竟音像店还开着嘛，但是销售情况不容乐观。凯特要是诚实的话，她就会不得不承认音像店每况愈下的局面就是从她接手的那会儿开始的。

她很着急，所以试了很多方法来促销，包括请当地的音乐家来签售，可是没有多大的起色。她知道音像店的核心购买群体是什么，于是想努力赢得他们。她调整了音像店的格局，多进了 CD 和其他附属品。她想让音像店重现往日的辉煌，专精音乐，但于事无补。

有人想买下音像店，凯特当然对他们是一口回绝。这倒是条出路！可是要是卖掉了店，凯特的父母会作何感想？周围的音像店都关门大吉，变成了鞋店。一种叫因特网的“新”东西冒了出来。在线的音乐商店和 MP3 下载可以把凯特击垮。也许她应该抓住这个机会将音像店脱手。

如果情况还没有好转，凯特马上就没钱支付雇员的薪水了，更没钱做广告，甚至没法进新货。音像店濒临倒闭，似乎不论她做什么都无法挽回了。

有那么一天，她极其沮丧，是她的眼泪让电话那头电力公司的人心软，重新让音像店有了电。有一两个人把车开到店门口，看见没有灯以为关门了，于是又把车开走。凯特让员工站在寒风中对过路人举着招牌：“我们正常营业！”。她没有勇气叫员工们进来，告诉他们店里再也请不起人了。凯特相信，她的父母正在坟墓里寝食难安。

这时来了一个男人，他想跟凯特谈谈收购音像店的事。

突然间，卖掉音像店听上去没那么糟糕了。凯特说：“来我的办公室吧。”通过交谈，原来这个人希望这家音像店保留下来，他的想法是把音像店改造成音乐咖啡书屋，店里放一台打印机，人们可以把在网上订阅的书打印出来在店里阅读。在线书籍打印装订后，消费者可以坐在壁炉边舒适的椅子上一边看书，一边听 MP3，一边喝拿铁。当地的音乐家可以定期到店里现场演奏。这个男人同意留下凯特所有的员工，凯特也可以做经理助理。

“我在哪儿签字?”

一件她之前不会考虑的事情现在她却迫不及待地要做。为什么?因为维持现状实在是太痛苦了。

这就是你要对你的人物做的。他希望维持现状，你要让他体会到维持现状的痛苦。让他痛到无以复加，让他不得不思变、求变。

凯特完全可以固执到底拒绝收购，这样一来她所珍视的一切就都不复存在。她可以这样做，她确实也想过这样做。至少她觉得她的父母会因为她和音像店同归于尽的决心而感到骄傲。真是这样吗?凯特的父母真的希望凯特这么做吗?

就是在这个时候，凯特扪心自问，她终于开始展望音像店的新前景，这就是你要把人物带到的地方。这是凯特的关键时刻，她获得救赎的机会。

如果你不让她一次次经受磨难痛定思痛，她就不会严肃地考虑一下她的人生选择。

## 一路走来的小抉择

在到达关键时刻之前，你的人物在小说中会经历许多需要他相机抉择的事情——比如诱发事件。诱发事件是新生活对人物的第一次入侵，向人物暗示他可能拥有的另一种生活。

雅各·马利的鬼魂第一次出现在埃比尼泽·斯克鲁吉面前的时候，斯克鲁吉本可以说：“好，我让步。我从今以后会变得慷慨、善良!”(《圣诞颂歌》)当闪电麦昆来到水箱温泉镇后，他可以说：“好啦，你赢啦——我以后会多考虑别人的!”(《汽车总动员》)艾纳第一次见到孙女的时候，他可以马上放下怨气，敞开怀抱迎接他之前以为不存在的家人(《未竟一生》)。

但是这样不可信。(再说，那样的话，小说写到第 27 页就写完了。)你的人物应该是顽固地停留在过去的生活里，要让他做出改变，仅仅通过温柔地劝说是难以实现的，必须来点硬的。

人物在现在的生活中每一次面对新生活的逗引，就是面临着小的关键时刻。他也许还没有做好准备改变。他在现在的生活中所承受的痛苦还不足以令他思变。但是每一次小的选择都是给人物向新生活靠近的机会。

当菲尔·康纳斯意识到他被卡在土拨鼠日跨不到明天时，他有机会认识到自己的问题所在，但他想都不愿意想。如果有人来告诉他他该怎么做，他是不会认真考虑的。

有一本非虚构小说一直有人推荐我读。这种书就是人人都应该读但是没有人愿意读的书。我早就听说了这本书，而且知道读了对我很有帮助，可是我还有别的事情要忙。多年以后，我经历了人生中的重要关卡，又有人向我推荐这本书。这时候我已经做好阅读它的准备了。我去书店买了这本书，如饥似渴地读起来，它改变了我的人生。

从那以后我开始向其他人推荐这本书。可是人家也有要紧的事要忙。我领悟到，除非你做好了阅读的准备，否则别人怎么推荐你都听不进去，而你也不能强迫别人做好准备。如果几年前我就读了这本书，也许它对我的影响不会像现在这么大。我当时就没有做好接受它的影响的准备。

这跟你的人物是一个道理。她需要知道将会拥有怎样的新生活，但是那时的她不相信。小说家的任务就是要让她做好准备。你要让她经历各种波折，她一次次地抵抗新的生活，抓住过去不放手。你要让她身陷事态不断扩大的局面，好让她相信老路再也走不通了。她所做的努力、挣扎都事与愿违，以失败告终，她越来越绝望。你必须击垮她。你必须把她推到一个临界点，在那里她终于愿意并且能够做出新的抉择。

要做到这一点你就要设计多个抉择的时刻，它们都指向最后的关键时刻。相当于你是在问她：**现在**你愿意听我的吗？她说不——但她总有松口的时候。

## 改变的信号

我们还没有讲到情节，但是你可以在头脑中设想一下主人公面对新旧两种生活选择的内心冲突该如何表现在外部情节中，即把内心的斗争**外化**出来。

比如说，你的主人公因为自私变得越来越孤单，你可以让他在街上遇到一个无家可归的人，那个人孤独地死去，没有人为他哀悼。主人公看到他便想到了自己。你可以做出各种设想来暗示人物未来的走向，比如，一个大公司里事业成功的高层却因为过于孤独而选择自杀，一个没有家人或任何人看望的老人在养老院孤独地衰老，一只很凶的没有人愿意养的狗。

也许我们的主人公感到与这只狗有着某种莫名的联系，于是就把它带回了家。他想尽了办法也驯服不了它，没办法，他只能把狗送回动物容留所，尽管他知道狗在那种地方会得到严厉的管制。

大多数时候你不想弄得太明显，比如你这样写人物的心理过程："那可能是我的下场"（更糟糕的写法是让别人来说："那可能就是**你的**下场，蠢货"）。设计一些微妙的信号与主题相呼应，一些读者能够领会你的暗示。

想一下你如何描绘新的人生道路。拿上面那个自私的人举例，他可能在公园里遇见一个小姑娘，小姑娘捡到一美元，便立即换成硬币分给其他小朋友。也许他遇到的是与他截然相反的人：一个身无分文但充满爱心的人，他临终的时候身边有爱人的陪伴，能够平静地面对他的一生。也许他遇到一个提倡爱情与和平的佩花嬉皮士①，总是在

① flower child，19 世纪六七十年代西方出现的佩带鲜花鼓吹"爱情与和平"的嬉皮士。——译者注

告诉他要“把爱传出去”。关键是要想办法阐释人物可能拥有的美好未来。

有些例子可能恰恰应和了人物不愿改变的心理。《真爱找麻烦》中的主人公崇拜叔叔韦恩，一个远近闻名的情场高手。但是韦恩叔叔的鬼魂现身，告诉他拈花惹草的人生他并不感到快意。

或许你可以写一个新生活不那么有吸引力的例子，就像教会里的狂热分子试图说服主人公入会，主人公指着那个人说：“我为什么希望那样？不，谢谢。我就照老样子过。”

想方设法把主人公内心的斗争外化出来。在故事中用一个或几个人物——人或物——把新旧两种生活拟人化。你不需要想好他们具体是谁，因为我们还没谈到你打算写作的类型或时代。但是你可以让这些想法一点一点地成形。

## 倒退

上一章我们通过从关键时刻倒退的方法找到了诱发事件。现在我们要做同样的事情。实际上，如果你确实在上一章使用了倒退法，在激化阶段你就已经走在正确的道路上了。

回忆一下你是如何运用事件回放的原理找出诱发事件的。在关键时刻到退到诱发事件中间这一段，就是激化阶段的基本内容。

《似是故人来》讲述了一个名叫劳拉的女人，据说她的丈夫已经在南北战争中战死。劳拉没想到他会回来，而且变化极大。连劳拉都不确定这个人到底是不是她的丈夫。他们长得一样，说话的方式也一样，只不过她记忆中的丈夫总是对她恶意相向、拳打脚踢。

我们就从劳拉的关键时刻开始倒退，回穿过整个故事以追寻激化阶段。劳拉的关键时刻是，这个男人要为她真正的丈夫多年前犯下的罪行被施以绞刑。这个男人——可能是也可能不是她真正的丈夫——想在围观绞刑的人群中找到劳拉。他说只要劳拉陪着他，他就不怕经历这个恐怖的时刻。她必须在那时决定要不要为他站出来，这就意味着她要把心交给这个男人，这是她以前做不到的。

从关键时刻跳到故事开头，诱发事件是长得像劳拉丈夫的人回到小镇，来到劳拉的生活里。

那么在诱发事件和关键时刻点之间会发生什么呢？我们通过倒退的方法就可以确定故事的中段，即人物内心的激化阶段。

如果关键时刻是劳拉犹豫要不要爱上这个男人，她一边对真正的丈夫的仇恨铭心刻骨，一边怀疑他是一个冒牌货，基于此，我们可以推想一些东西。我们可以推想这个男人努力证明自己与她过去的丈夫不同。她过去的丈夫粗鲁蛮横，而他却彬彬有礼。我们还可以推想，劳拉的大部分时间都是在生气和怀疑中度过的，但是她渐渐愿意再爱一次。

这下你看到情节是如何不显自明了吧。

如果他被判处绞刑是因为劳拉丈夫在南北战争之前犯下的罪行，那么战争结束后，天网恢恢，他最终会被绳之以法。我们还可以推想他在扮演劳拉丈夫的角色中越陷越深，所以在法网之下，他就必须接受对劳拉丈夫的指控。

尽管我们不知道这个男人到底是不是劳拉的丈夫，但是我们可以想象，如果他不是，他会经历什么样的思想斗争。如果他说出真相，承认他不是劳拉以前的丈夫，劳拉就会生活在罪恶中，因为她和不是自己丈夫的男人生活在一起（所有人都会知道），他就暴露了自己的冒牌身份。如果他保持缄默，他就会为他没有犯下的罪行被处以绞刑。

我们知道这个男人已经跟劳拉在一起生活了一段时间，慢慢了解了劳拉，向她表明自己和她原来的那个丈夫不同，也许还向她表示爱意。我们可以推想，刚开始劳拉还像过去那样处处提防他，保护自己不受伤害。我们可以推想，她肯定一直在思考这个男人究竟是不是她的丈夫，也许她会考验他对婚姻生活的记忆。

我们可以想象，他从战场归来的第一天晚上，劳拉在怀疑这个人是不是她的丈夫，要不要让他留下来。

我们退回到了诱发事件，这个男人进入了劳拉的生活。

## 煽风点火者

《似是故来人》最精彩的部分就是诱发事件到关键时刻之间的故事。

你的小说也应该如此。主人公的心路历程的核心部分就是激化阶段，这是你的小说最有趣的部分。就像是看拳击比赛，你一拳我一拳，势均力敌的双方在打一场漂亮的比赛。激化阶段之前的一切都是酝酿准备，之后就是故事高潮和解决办法。小说的核心部分就是新旧生活两种选择冲突之间的不断升级的军备竞赛。

看着你的人物试图迅速解决危机回到过去，看着新生活阻止他回到过去，这是你的小说能够带给读者的重要财富。

# 11

## 最终状态

马丁对帕格察言观色，同时说道："你这话说得如此冷静，难道我对王位的觊觎没有激怒你吗？"

帕格摇了摇头，说："你无论如何也想不到，在簇朗阮尼帝国我算得上是最有权力的人物之一。在某种程度上，我说的话比其他任何国王说的话都有分量。我觉得我了解权力之所能，我也清楚追逐权力的都是何种人物。除非是在我离开克里狄镇之后你变了许多，否则我真怀疑你有这样的野心。你若是戴上了王冠，那是因为你相信你有正当的理由戴上它。也许这是阻止内战的唯一办法，因为如果你披上了皇袍，拉姆会是第一个站出来表忠心的臣子。无论你是为何原因登上王位，你都会尽你所能明智行事。总之，你若登上王位，你将尽你所能成为一个好的统治者。"

马丁说道："斯夸尔·帕格，你变了很多，比我想象中改变得还要多。"他已经被帕格的话折服了。

——雷蒙德·费斯特：《魔法师》

终于，我们走到了主人公心路历程的末尾。之前，主人公自愿陷在一种紊乱的心理状态中，但作者通过各种情节使她脱离这种状态。作者强迫主人公看清过去的老路如何一步步将她引入万劫不复的境地，同时还将另一条路呈现在主人公眼前。虽然选择另一条路意味着她必须做出改变，而且可能还要经历危险，但对她而言却更为有益。作者将主人公带到选择的路口，迫使她做出选择，但是选哪条路就完全是她自己的事情了。

最终状态，即主人公心路历程的最后一段，描写的是主人公做出选择之后的状态。

## 新的自我

在上文的节选部分中，帕格是一个在无意中从自己的世界（美凯米亚）进入另一个世界（科勒旺）的年轻人，在科勒旺他慢慢发掘出自己的魔法潜力。在学习科勒旺世界的魔法之前，帕格只是一个奴隶，但学习了魔法之后，他便拥有了权势和地位。美凯米亚和科勒旺之间发生了战争，帕格发现了回到美凯米亚的方法并回到了自己从前的世界，但这时帕格已经发生了令人难以置信的改变。帕格从科勒旺消失的时候还是一个令人生厌的孤儿，而他归来时已经成为了主子和大师。在从承受苦难和失去到获取功绩的过程中，帕格变得成熟了。

你的故事主人公也将经历一个类似的过程。他不再是故事一开始时的那个样子。**旅程本身定义了人物**，这是整个故事的关键点。

幕布即将落下之前，作者要再次描写故事主人公。在故事开头，作者为了描述故事主人公是一个什么样子的人物而安排了一幕独白场景，同理，结尾部分也需要一幕独白场景。通过对比首尾的两幕场景，主人公发生的改变将会清晰可见。

作者在这一部分所写的无论是一部理想的地名词典还是适合作品本身的一起情境化事件，都要取决于主人公在关键时刻做出的选择。

如果主人公在关键时刻做出了错误的选择（比如他选择了继续走老路子），那么在最终状态中要呈现出选择所导致的负面结果。比如你的故事主人公可能会像库尔兹在《黑暗的心》里那样死去，嘴里还说着“恐怖，恐怖”。如果他做出的是正确的选择（如果他选择了新路子），你的主角可能会像《王者归来》中的洛汗国国王希优顿那样死去，“我的身体即将毁灭。我要去见列祖列宗了，即便在英勇无畏的先王身边，我也不会感到羞愧。因为我杀死了为魔君索伦效力的哈拉德人。破晓的时候一切看起来还灰暗，但是我很高兴经历了这场战斗，在日落之时终于迎来了万丈霞光。”

当然了，你的主人公不一定要死去，我只是举例说明。

在本书第二部分我会讲到，在小说的最后一个场景中，对一切未结束之事都要做个了结。让读者知道谁还活着，谁正从伤势中恢复，谁得到了何种奖赏，谁和谁在一起了，或者是其他任何结尾。在本书第二部分中，我将举例说明一位或多位主要人物在经历了关键时刻之后的状态。

如果将主人公比喻成俄克拉荷马州的一个城镇，将故事比喻成席卷该城镇的龙卷风，最终状态就是台风造成的后果，也就是风暴刚刚过去之后航拍的全景图片。

在关键时刻，无论主人公做出何种选择，她的最终状态和初始状态之间都存在直接的关联。她要不就是处于初始状态的对立面，要不就是比初始状态糟糕了十倍。

如果在故事开头，主人公处在害怕被别人拒绝的恐惧当中，在结尾处，她要不接受了自己并能够从容应对人际关系，要不被这种恐惧吞噬，想办法永远不再被别人拒绝，为此不惜沦落成妓女（有时不收费用的妓女）。

如果在故事开始，主人公是在与愤怒抗争，在结尾处，他要不让过去的事情过去并学会享受当下，要不因为被愤怒所掌控而做出连环射杀这样的极端行径。

最终状态既可以是对初始状态的反映，也可以是初始状态的放大。故事一开始就在主人公身上埋下了这两种可能的未来。在结尾处，他要不就是比开始时糟糕了十倍，要不就是与初始状态截然相反。

在现代大众文化中，最好的人物心路历程就是安纳金·天行者（西斯黑暗尊主达斯·维德）经历的曲折。安纳金·天行者集善恶于一身，但恶几乎将善驱逐出去。安纳金·天行者的儿子卢克·天行者引出了他善的一面，在他的关键时刻，善的一面重现，维德消失，安纳金·天行者归来。虽然付出了生命的代价，但他的灵魂在原力的光明面重生。

另一段广为人知的人物心路历程是《指环王》中的咕噜（史麦戈）。他也是善恶集于一身，但恶将善驱逐出去，后来善的一面被别人引导出来。但咕噜最终还是选择了恶的一面，因而导致了自己的毁灭。

在你的故事中，最终状态是怎样的？整个故事就是用来引导主人公到达关键时刻，在这一刻她要在救赎和毁灭之间做出选择，之后发生的事情就是后果了。在你的故事里，主人公是选择了新生活而得到了人生的快乐安宁？还是因为做出了错误选择而跳进了万劫不复的深渊？

读者希望看到故事主人公做出正确的选择，但无论她的选择是什么，最终状态对读者来说都极富吸引力。作为旁观者，看着别人做出选择然后自食其果，无论果实是甜是苦，旁观的过程都极富吸引力。

或许这就是我们阅读小说的原因所在。

## 一幕好的最终状态场景包含什么？

一幕最终状态场景的目的在于，表现出主人公关键时刻做出的决定使他变成了什么样子。

作者在设计完情节甚至选中题材之前，就可以决定关键时刻之后要如何描写主人公。作者稍后可以在外部情节描写的部分给主人公换身行头或者另选场景，但是现在我们要先搞定心路历程。

根据主人公在关键时刻所做的决定来展现主人公的情绪状态，这就是一幕最终状态场景的根本所在。他现在幸福吗？还是更痛苦？

因为故事主人公刚刚从精神分裂的状态中脱离（或者精神分裂更加严重），她的反应或许有一丝疯狂或者放纵。比如，她可能会像《欢乐满人间》中的班克斯先生或者《圣诞颂歌》中的斯克鲁吉在结尾处那样，因为刚刚体会到的欢乐和自由而大笑着四处狂奔，或者像《王者归来》临近高潮处的迪耐瑟那样，癫笑着往自己头上浇油，然后点着自己。

关键是要记住关键时刻已经过去，耗费精力在矛盾中纠结的时刻已经过去。新旧之间总有一方胜出——或者说是将主人公永远驱逐出自己这一方的领地，在故事结尾处胜利方主宰着主人公生活中的一切。

在你思考最终状态场景的过程中，试着寻找一种极端的表达方式。将极端想法落实到具体写作的过程中，极端的程度可能会减弱，但是了解了这种极端的表达方式能够使你写得恰到好处。比如，主人公在结尾处感到自由，用一种方式来表现他的自由：跳出飞机、在屋顶高歌、在森林里裸奔。又比如，主人公感觉受到前所未有的限制，用一种极端的方式将这种受限制的感觉表达出来：将自己关在衣柜里、把自己弄进一个狭窄的地方或者是撕毁护照。

总的来说，就是将主人公的内心感觉外化。你的主人公在做出重大抉择之后是怎样的呢？

在本书第二部分我们还会进一步讲解相关内容。作者也许经常会将最终状态场景和结局场景联系到一起。结局场景描述的是外部情节如何结束，而最终状态场景描述的是心路历程如何结束。作者通常要同时处理内外两部分。

如果你要写的是战争的结果以及故事结尾处主人公的感觉，你可以让主人公负责敌人签署投降协议的仪式，同时她也因为自己在关键时刻的决定而高兴不已；如果作者要写的是三对情侣复合，但是第四对情侣未能成功复合，因而故事主人公（第四对情侣中的一方）感觉到前所未有的沮丧，那么作者可以描写复合的情侣在集体婚礼上宣读结婚誓言，而故事主人公却哭着悄然离开。

回顾一下主人公的**初始状态**，然后做点加减乘除。作者可以将初始状态乘以负一，得到初始状态的相反数，说明主人公向相反的方向行进了很远的距离，或者是将初始状态乘以十，说明主人公的情况比初始状态糟糕了十倍。

## 关于情节循环

就个人而言，我非常支持在小说中设置循环情节。循环就是将故事结尾的情节用在开头部分。在一幕、一个章节、整部小说的开头结尾处都可以用。

这并不是说一开始写主人公非常孤独，到了结尾处写他有了一大帮朋友。我所指的循环是指在开始部分构造某个时刻，然后在结尾处设置同样的时刻，通过两处的对比说明主人公在前后两处不同的处理方式。设置同样的情境，将她带到同样的某个抉择时刻，但是她做了不一样的选择。

在第 8 章讲述初始状态时，我们塑造了一个害怕被抛弃的女性角色，她让所有可能的朋友和男友签署了一份具有法律约束力的协议，协议规定朋友和男友永远不得离开或者抛弃她，如有违反将用个人财产对她进行补偿。在这个故事中，在女主角首次出现的场景中可以使用上述内容：一个年轻男子来到她家门口，打算带她去吃晚餐。女主角邀请他进屋，让他坐在桌边，桌子上放着笔和纸。她说："签上你的名字。"这时读者发现原来桌子上的纸就是承诺不抛弃她的协议。

我们快进到故事的结尾处，这时女主角已经经历了很多事情，已经在关键时刻做出了重要决定。作者可以将结束场景还原成出场的场景：一个年轻男子来到她家带她去吃晚餐，女主角请他进屋，让他坐在桌边，桌子上放着笔和纸。她说："签上你的名字。"但是这一次我们发现那是为两人共同的好友写的一张生日贺卡。他把自己的名字写在了她的名字旁边，这一刻亲密自然地流露。这一场景和出场的场景极其相似，但是结尾处的她已经变了。

或者，如果女主角在关键时刻做出的是另一种选择，要设置的场景就变成了她让他坐下签字，但是当他伸手去拿笔的时候，她疯了似的大笑，用手铐把他拷到了桌子上。

写小说是一件很有趣的事情吧！

《圣诞颂歌》中，埃比尼泽·斯克鲁吉在面对拉契的儿子小蒂姆的时候就是一个骗子，但在故事结尾，他对这个孩子和蔼可亲，并且成了他的第二个爸爸。在《土拨鼠日》中，菲尔·康纳斯每天都踏入同一个坑洼，坑洼里的水冰凉透骨，但是在他的内心发生改变之后，他想到如果将步子跨大一点就能避开这处坑洼。

在我的第三部小说《致命缺陷》中，故事开头描写的是凌晨两点主人公和他的小女儿，小女儿看完图画书在他的肩头睡着了，但因为他的地下通信中心出了状况，充满父爱的这一幕被打断了，之后的故事就以主人公应对危机为中心展开了。在小说的最后一章他回到家，在凌晨两点陪着女儿看图画书，但这一次父女二人之间充满温情的一幕没有被打断。

我要说明并不是每一部小说都要用上面这种类型的循环结尾，通过让主人公回忆之前自己的思想行为，作者也能很好地实现情节循环。比如在我的第四本小说《行动：火把》中，故事开头第一句写道："今天我要杀掉一个残忍之徒。"故事结尾并不是对这一幕进行重构，而是让主人公回忆故事开头的那一天，然后意识到自己比开始时变好了很多。

循环让小说读起来有一种完整、全面和有计划的感觉。就好像在动笔写作之前，作者已经完完全全地将整个故事构思了出来。这样写出来的小说像是给礼物进行包装，让一切看起来都已经了结，让读者感觉是作者有意为之，赞叹作者简直是天才小说家！

在主人公的心路结尾处，回顾一下初始状态的场景，看看是不是可以将结尾处与之相呼应，以此来体现故事主人公发生的变化。

## 旅程的结束

亲爱的朋友，以上就是主人公心路历程的结束。

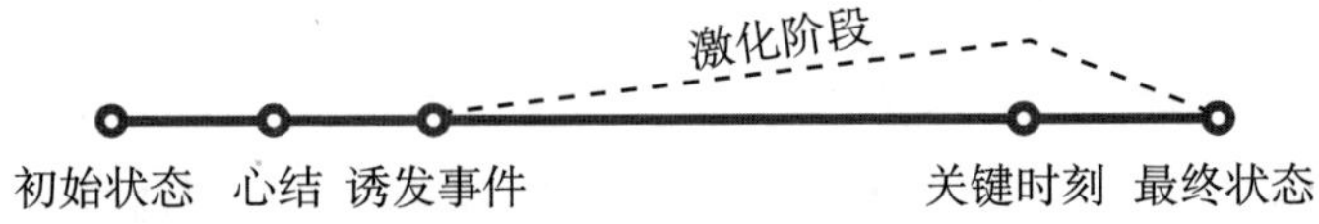


再简单重复一下（我自己也用上了“情节循环”），主人公心路历程的根本界线处于心结和诱发事件之间。故事主人公被一种有害的“罪”折磨，如果不被救赎，这种“罪”将导致他走向某种形式的毁灭。整个故事的目的就是让他意识到这个问题并为他另指一条路。整部书就是指引他到达关键时刻，因为这个时刻他终于可以在新旧之间自由选择。

其他所有部分都是为关键时刻服务的：初始状态写的是在关键时刻之前他的心结是如何影响他的；诱发事件是用来将他推上一条使他走向关键时刻的弯路；激化阶段是新旧之间对抗的不断激化，以此引导他走向关键时刻；最终状态是关于在关键时刻的抉择之后他变成了什么样子。

你的小说就是关于主人公的关键时刻，就是她用来表达内心的 200 个字，剩下的 99 800 个字都是用来为这一刻做准备的。

故事主人公心路历程构建的完成标志着全书 3/4 的部分已经敲定。你的小说写的就是心路历程，而心路历程就是关于关键时刻。就像心路历程中的其他部分用来为关键时刻服务一样，心路历程之外的1/4部分就是为心路历程服务的。情节、题材、背景、次要情节等等，都是用来装点这段历程的，为其提供支撑，并对其进行扩展。

如果你是像我一样的情节至上的小说家，我希望你现在颇受鼓舞。你已经详尽地打造出了你小说中的核心人物，而这个过程的大部分让人感觉像是（其实就是）在设计情节。人物经历的曲折**就是**情节。

如果你是人物至上的小说家，我希望通过以上学习，你发现了之前想不到的与人物塑造相关的各个方面。我希望你也能发现，原本要绞尽脑汁才能做到的事情，现在你轻轻松松就完成了3/4。在构造人物的过程中你已经设计出了情节结构。

接下来，我们要考虑的是，如何以最佳的方式呈现这部与人物转变相关的作品。如果说心路历程是一颗钻石，那么我们还要为它打造一个完美的展柜。

# 第二部分 精彩的情节

本书开头提到有些小说家天生擅长人物塑造，而有些小说家更擅长情节设计。无论你是哪种类型的小说家，你之所以翻开这本书，可能就是因为你已经意识到了人物塑造和情节设计二者是同等重要的，仅擅长于其中一种是远远不够的。

本书第一部分介绍了如何塑造一个饱满立体的主角形象。创建故事主角的心路历程就意味着全书 3/4 的情节已经设计完毕，因此如果你是一个人物至上但在情节设计方面尚待提高的小说家，就不要错过本书第一部分，因为情节设计始于人物塑造。

在这一部分我们将讨论非常有意思的情节设计环节，也就是故事本身。如果你是人物至上的小说家，也许你还不会认同我的观点：设计情节和写一个人物的生平或者恋爱史一样有趣。

但是如果我告诉你情节其实就是人物表演的舞台，你还会不认同吗？

舞台要用家具、背景和复杂的灯光来装饰。如同舞台一样，情节的用途就是完美展现人物。情节是围绕人物而设计的，人物在情节中辗转，情节为人物创造情境，情节中设置了与心路历程相呼应的外部情节。情节的作用在于放大故事人物的追寻和探索，架构人物所遇到的困境，充当人物所做决定的潜台词。

我们接下来设计的故事情节将包括人物至上的作品里所没有的构成部分。毋庸讳言，人物至上的作品读起来通常令人生厌。这种作品在情节处理方面缺乏核心和悬念，故事情节发展的走向不清晰，结尾表现不出故事的圆满。在这本书中，我将向诸位读者讲解如何创作故事，以使作品具备核心和悬念、故事发展走向清晰、结尾圆满及其他相关技巧。

你将会轻而易举地创造出一个与以往大不相同的故事，比你之前所写的故事更加真实、更加完整，并且更容易激起读者的阅读欲望。表现故事人物是关键。

第二部分的核心是三幕式结构。通过三幕式结构，我们设计了一个框架，其用途在于为主要人物的心路历程设置悬念，通过这个结构我们可以观察到主要人物经历的起伏。另外，我们还将讨论序幕的取舍以及主要人物该如何出场。

在讨论这些之前，我们先要了解一下小说创作所涉及的主要要素。

# 12

# 小说创作涉及的主要要素

情节设计就如同一块崭新的白色帆布之于一个装满颜料和刷子的大袋子，作者可以随意描绘，存在无限可能。

暂时抛下之前设想的故事主角和他的心路历程，花点时间想象一个最酷最完美的故事。是在苏格兰旷野上发生的狂热的爱情故事？是在后世界末日的中国找寻生活的意义？是在沃尔玛的货架间穿梭嬉闹？是在阿富汗战场上兄弟情义受到考验？是讲述一个有野心的银行大盗的故事？

让你的故事充满离奇。如果你可以随意写你的故事，关于任何人做任何事的任何故事，那会是一个什么样的故事？

## 故事核心

现在让我们开始写这本书。你已经设计好了情节，也就是小说的核心。

只是逗你一乐而已，因为你还没有设计好情节，所以不能开始写你的小说。上面的想象之旅是一次趣味练习、一段精神瑜伽。其实我是让你去寻找故事中有意思的核心。接下来把你想到的简短的故事与主角的心路历程相对应。

为什么不呢？如果你编织的是一个现代爱情故事，那你仍然可以将这个故事写成一个关于海盗的故事。人物至上的小说家没有好的故事情节的原因之一就在于他们对自己想到的故事情节不怎么感兴趣。丢掉束缚，大胆去写你脑子里想到的倒数第二个故事，也就是被你否定然后被最后一个故事替代的故事。

对，你不可能每次都这么随意。有时分派的任务比较特殊，有时合著者会持不同的意见，所以你不能写你所想。在这种情况下，回过头来再做一遍练习，想想根本故事情节是什么，但这一次练习要在大脑里想象一下故事的大致轮廓。或许你的故事是一个关于现代的非法外来者的故事。好，可以，那针对非法外来者所设计的情节最终会是一个什么故事呢？是惊险之旅？是爱情故事？还是神秘谋杀？你可以更大胆地想象设计，但是不能超越你之前描摹出的故事轮廓。

正如我们所说，故事中主角的心路历程就像一颗钻石。在你的精雕细琢之后它现在已是无比美丽。接下来所需要的就是场景设置了。一颗钻石既能和一条项链搭配，又能和一枚戒指搭配；既可以放在女王的皇冠上，也可以放在猫的项圈上。一副钻石耳钉可以装饰耳朵，也可以装饰肚脐。你的故事主人公已经有了既定的心路历程，接下来就该选择与之匹配的场景了。

当你考虑珍宝该花落谁家的时候，顺便想一下主人公心路历程蕴含的独特之美。其中涉及到的主题和问题有哪些？什么样子的故事能最充分地将其表现出来或者使其放大？

在本章中，我们将探讨的内容正是你不可能用来构造情节的因素。这些因素将会启发你更好地利用本书。

首要且最重要的是我称为**主要事件**的部分，也就是上文中我让你想象的理想中的小说情节。当你将一段动人的心路历程和令你兴奋的故事核心相结合的时候，你大概就要出手不凡了。

接着思考这个问题：这段心路历程嵌入这样一个故事是否合适？将以何种方式嵌入？这时会有什么故事涌入你的脑海？这些即兴的灵

感将会是小说的亮点。

不要停下来，继续大胆想象，将从大脑里发掘的珍品都加到故事中来。以什么方式来讲述故事人物的心路历程是最棒的？是埃罗尔·弗林所演绎的浪漫冒险题材？《辛德勒的名单》中对人性之恶的追问？《通天神偷》中基于高科技建立的友谊？漫长的追寻？错误的身份？可谓是畅想无限，乐在其中。

本章接下来的部分将探讨装扮并扩展主人公心路历程的各部分故事组成，使故事情节具体化。第一个是题材。

## 题材

题材就是你要写的小说的类型，比如西部、科幻、爱情……题材是与读者的阅读兴趣保持对应一致的出版门类。比较常见的题材有浪漫喜剧、冷硬派侦探、舒逸推理、历史小说、科技惊悚、都市幻想、南方哥特、科幻等等。你的小说要选用哪种题材？

如果故事主人公是一个害怕老去的角色，故事可以是关于一个住在布鲁克林破旧公寓里的年轻女人。但是如果作者把这个故事写成西部题材呢？比如一个少女被卖到了西部边远小镇，她到了小镇，而此时买她来的男子已经死于肺痨，人生地不熟，而且一些土匪流氓正向这个小镇赶来。

或者你可以选择科幻题材，比如在未来，对生活不满的人可以将自己的意识转变成很长的空间探针，他们可以通过探针永远在无垠的宇宙中畅游。唯恐老去的女人一定会考虑将自己的意识转变成探针，当然，她也可能不选择这种转变。

作者选择的题材能够凸显主人公心路历程所要表现的主题，你是否意识到了这一点？

你的故事又是怎样的呢？你故事的主人公在他的心路历程中都遇到了哪些问题？狂妄自大？野心勃勃？不可饶恕？恐惧？现在要考虑

的是题材和分题材的意义：这二者是否可以充当内置的“对话系统”，从而放大主人公的心路历程？

很多在亚马逊网站搜索到的题材是我们没有听说过的，从海上探险、家庭瑜伽、恐怖题材到摄政，再到太空歌剧。

你要写一个人要结束对自己的不宽容，假设写成鬼故事会如何？医学惊险题材呢？史诗传奇呢？当你试着将故事情节嵌入不同的情境，你能看到哪些可能？

当你写的是一个女人为了永不依赖别人而在职场上奋力攀爬，可以将职场替换成一系列的命令，同时将她替换成一个女扮男装的中世纪法国人；也可以将她要脱离的依赖状态设计成她人性中的另一面——难以摆脱掉的连环杀人案凶手的角色；或者写成一部关于犹大的基督教小说，把她设定为他玛一角，为引起犹大的注意不得不把自己装扮成娼妓。

不必将所有小说题材汇编成一本题材参考书，我们在本书里提到的任何与题材相关的话题也不必出现在你的小说里。我们是在探索能够激发有关故事主人公的心路历程的想法，或者说是方法，从而为主角制造必要的心理冲击。

不要忘记一点，那就是题材可以混搭。比如《泰坦尼克号》既是爱情片又是历史片，同时还是灾难片；《萤火虫》属于科幻片，同时也是西部题材。可能还有很多种混搭的方式，作者可以大胆开拓混搭新天地，自创新的混搭风。

## 题材衍生

如果你认为某种题材适用于讲述故事主人公的心路历程，你需要花点时间想想在你选择了这种题材之后，你的小说里包括哪些与这种题材相对应的元素。

题材之所以为题材，是因为每种题材都有某些固有特色，读者对每种题材都有特定的心理期待。读者选择阅读某一种题材的小说，就意味着他们期待看到自己熟悉的特色。作者当然可以为某种题材创造一种新版本，但至少应该体现出该种题材的固有特色，从而确保这种写作特色与故事主人公的心路历程是协调一致的。

如果故事主人公的心路历程是一段与恐惧对抗的过程，他担心一生都将辜负父亲的期望，而作者在塑造人物的过程中选择了间谍惊悚的题材，那么所选择的间谍惊悚题材将如何有助于表现故事主人公的内心呢？主人公可能要对抗一个反派人物，有没有可能这个坏人会让故事主人公想起他的父亲呢？或者是不是可以将主人公的上司设定为对主人公心怀不满，这样就会勾起主人公对父亲的回忆；再或者可以有一个美女角色接入，她会像主人公的母亲一样支持他；或者当故事主人公铤而走险一步步深入敌人的老巢，内心对行动失败的恐惧让他想到了一次令父亲格外失望的经历。

在你选定题材的过程中，要考虑到每种题材本身会为你的小说带来什么。比如西部题材就意味着偏远破败的场景、与马匹的亲近、遍布四处的男人以及月黑风高时的枪战。作者要考虑这些固有元素与故事主人公的心路历程是否协调一致。如果选定的是神秘谋杀的题材，那么小说中必定有众多动机不良的嫌疑人、许多红色的鲱鱼、一个错综复杂的谜团、一位潜伏的杀手和由主人公造成的恐怖气氛。作者要保证这些元素和故事主人公的心路历程是一致的。

作者可以大胆尝试以前未使用过的题材。如果所选的题材能够强化小说主题探索的意义，那就尝试一下这种题材！作者还要注意，本书第二部分的目的就是寻找方法让主人公的心路历程由模糊变清晰。如果你觉得这意味着你要写阿门宗派的爱情故事，或者是宇宙中的阿门宗派吸血鬼，那就大胆尝试相应的题材类型！

## 年代、场景与背景

在时间方面，你觉得你的小说应该怎么设计呢？故事应该在哪个节点发生？主人公在心路历程中行进时会有什么事情发生？

如同题材一样，年代、场景和背景的恰当选择也会在表现故事主人公的心路历程时起到事半功倍的作用。

你或许一直认为故事应当发生在现代的美国，但如果是发生在18世纪90年代的爱尔兰呢？这种年代和背景固有的特色会不会给写作增加话题？如果是设定在1936年柏林奥林匹克运动会期间呢？或者往后一点，设定在水星中心的一个研究站又会如何呢？思考一下年代、场景和背景的种种可能。《卡萨布兰卡》的故事可以发生在任何时间、任何地点，但电影中选用的纳粹时期的北非（尤其是电影当中出现的大量危险敌人和酝酿的紧张局势）为故事增添了独特的韵味和神秘感，从而为故事主线增加了悬念。

让我们一起看看都有哪些年代、场景和背景可选！

## 年代

你想让你的故事发生在什么时间？在后面部分我们将说到一系列的背景，比如大萧条时期、革命战争时期等等。但现在我们要说的是时代或者年代，暂且忽略在此期间发生的历史事件。

选择19世纪20年代和选择20世纪20年代，写出的故事将大相径庭。服装、交通、通信、医疗、科学以及其他各个方面都存在很大差异。到底是将故事设定在东罗马帝国的前十年呢，还是西罗马帝国的前十年会更好？

你也要尽量多想一下其他的年代。比如维多利亚时代，那个时代的专制是不是可以帮助你更好地讲述故事？比如将年代设定在未来，写一个发生在未来的故事是不是可以给你更多自由发挥的空间？再比如把年代设定在史前，这种特定的年代是否能与主人公自我惩罚的野蛮方式相呼应呢？

年代的选择可以优化故事情节。比如你的故事主人公要寻找消逝的文明，如果年代选择在当下，那么现在的卫星地形图会使故事显得毫无意义。往前推50年，将故事发生的时间设定在50年前，“寻找消逝的文明”就是成立的；或者故事主人公的女儿患上天花或者其他现代医学可以治愈的疾病，那么这个故事发生的时间就不能设在现代；或者你想让主人公被隔离在某个年代许多年，那么可以将时间设为不远的将来，写一个星际之旅的故事。

比起直截了当选用“当代”作为故事发生的年代，对故事发生的年代进行种种假设会给故事带来更多的可能性。

因此多为你的故事考虑一下：如果年代换一下，是不是会有很多有意思的可能性？如果你用上时光机，那么故事主人公的心路历程是不是就能够轻而易举地被描摹出来呢？

## 场景

你选择的故事发生地能够帮助你更顺利地完成你的故事。年代不变，一个发生在马达加斯加的故事和一个发生在曼哈顿的故事将会大不相同。发生在加尔各答的故事和发生在康涅狄格的故事不会相同，发生在挪威的故事和发生在俄克拉荷马州诺尔曼的故事也会截然不同。

当你想象自己的故事，你预见到故事发生的地点会是哪里？你的直觉或许正中靶心，但是多想几种其他的可能性也无妨。

不同的地点会给故事带来不同的机会和挑战。故事发生地点的选择标准是它可以强化主人公心路历程所要体现的主题。如果她是努力找寻逝去的童年，那就可以将故事设在一家古董店；如果他正努力摆脱对别人的依赖，那就可以把他放在一个杂技团做空中飞人表演；如果她是因为无法忍受穷困而一心想嫁给富人，那就可以把故事设定在洛杉矶市最高档的服饰商业街罗迪欧大道或者是破败不堪的贫民窟。

选择的地点应该能够自然而然地装点并塑造故事主人公的内心旅程，而选择的场景要与她的目标形成对比或者能够强化她的目标。

即便你要写一个发生在现代的故事，场景的选择也有无数种。发生在农场的故事和发生在国会山的故事不同。也不要将自己限制在这种大致的地理概念当中，作者要积极利用更加具体的场景，比如飞机、电梯、游轮、潜水艇或者地堡。将故事设定在热气球上会增加主人公的无助感，而相反，设定在游乐园会增加故事主人公的幸福感。

如果把年代的变数也算进来，场景的选择就更多了。现代的船只和两百年前的船只不同，2050 年的工厂不同于 1910 年的工厂。战场、出版社、家也是一样。

尽你所能地畅想故事场景的种种可能，其中总有一个场景可以帮你展现主人公的心路历程。

## 背景

如果把《飘》设定在 19 世纪 30 年代美国的禁酒时期，会有什么不同呢？美国内战的背景（以及战争期间南方联邦的背景）凸显了郝思嘉这一角色种种大胆行为的严肃性。即便读者了解那段历史，预感到郝思嘉及其亲友最终要走向灭亡，那也无妨。

《愤怒的葡萄》如果是设定在美国大萧条之外的其他背景下，它也就是一个普通的故事。但是约翰·斯坦贝克选择的美国大萧条背景赋予了这个故事一种绝望，这是一种在 19 世纪 50 年代冷战期间的美国所感受不到的绝望。

背景是伴随主人公心路历程所发生的更重大的事件。无论是全球事件还是发生在身边的小事件，背景作为模糊的全景，为故事提供框架并且带来更多质感。《我们曾是年轻的战士》以越南战争为背景；《火战车》以 1924 年奥林匹克运动会为背景；《安德的游戏》以抵抗外星虫族的战争为背景；《哈利·波特》以伏地魔的卷土重来为背景；《分手信》以“9·11 事件”为背景。

围绕故事主人公发生的事情能够帮助作者完成写作目标。如果故事写的是一个害怕被抛弃的女人，将背景设置为克利夫兰的双层公寓完全可以，但如果将背景换成二战期间的纳粹集中营呢？这个女人被单独监禁，被遗忘，突然之间她的恐惧似乎变成了现实，主人公因此愈加焦虑。如果故事是讲述一个男人对周遭一切渐渐失去兴趣，将背景设置成公司完全没问题，但如果把他设定为审判萨勒姆女巫的法官呢?

你的故事确实不必非得以“露斯坦尼亚号”或者伊拉克战争为背景，但为什么不呢?为什么不运用类似的文化运动或事件，以对照或比较主人公的心路历程呢?当故事背景中存在类似的事件时，故事本身与故事背景就能够相呼应。故事背景就是一味与故事相匹配的佐料。

花点时间回顾一下历史，也可以想象一下未来或者另外一个世界，你一定能找寻到某些与主人公心路历程相呼应的背景。

## 主题和信息

没有人喜欢一部小说里充斥着说教的内容。如果你有某些议题，无论是关于全球变暖、反对种族隔离还是皈依伊斯兰教，在小说最关键的部分你都应该明智地避而不谈。

这并不意味着你的故事里不能讲点有意义的事情。巧妙之处在于如何做到润物细无声。

当你想到故事主人公的心路历程，是不是有一条将要被传达的信息在暗地里蠢蠢欲动?如果主人公在努力否认被压抑的那部分自己，那么你要传达的信息就是要倾听自己内心的声音；如果故事的主人公认为自己丧失人性并为此痛苦不已，那么你的小说所暗示的信息就是不宽容是一剂毒药。

仔细想想你的故事主人公在内心经历的一番斗争。其中往往蕴含着寓意，并且这寓意恰恰能反映读者的生活。作者要做的就是如何巧妙地通过一个故事将真理传达出来。

文学作品中自私是一种惯用的人物缺点。主人公自私至极，以至于除了他自己谁都无法忍受他。现在就开始想出十种通过场景和情境而不是人物性格缺陷就能够体现的自私。这就回到了我在第 10 章中讲到的将新旧两种人生选择具体化。主题符号化是情节设计的方法之一，它能够强化故事主人公的心理冲突，并且能够引出小说中的人物和场面。

作者要认真考虑小说中的场景、年代和背景，包括题材也要认真考虑。作者在这几个方面所做的选择会使信息传达得更到位，对读者的影响也会更深刻。

## 定时炸弹

你的故事情节需要悬念。人物至上的作品通常会被抱怨没有张力。（有魅力的）人物之间絮絮叨叨，没话也要找话说。这种作品中没有情节推进故事，也就不会使读者产生继续读下去的欲望。

你希望你的读者为你疯狂、为你着迷，熬夜看你的作品，你肯定不想听到读者说你的书索然无味，像是一付镇静剂。

我告诉你一个设计情节的秘诀，这样设计出来的情节会令读者满意，也会让你满意，故事也会更加引人入胜。要让读者满意，就需要设计一个三幕结构；要让作者自己满意，就需要将故事主线和故事主人公的心路历程相结合；一部引人入胜的作品里需要设置我所谓的“定时炸弹”。

在小说里，定时炸弹就是主人公目标未达成时即将发生的不好的事情。有时这颗定时炸弹是真正的炸弹，比如电影《生死时速》就是这样；有些时候是自然灾难，比如一颗小行星碰撞地球或者一座火山即将喷发，也可以是一艘沉船或者一个空间站即将爆炸。不过这颗定时炸弹并不一定是庞然大物，它也可以是一件事情，比如，夏天一结束，暗恋的男孩就要搬走了，或是演出日期临近但还没给主角找到合适人选。

实际上，作者需要的就是一条界线。可以是大火即将蔓延到主人公的家里，或者是入侵的敌人步步紧逼，总之，时间一分一秒过去，危险迫在眉睫。

在小说里作者要尽早埋下一颗定时炸弹，这颗定时炸弹的魔力在于读者每翻一页都能感受到它造成的紧张感，即便作者连续几章都对这颗炸弹避而不谈，它的魔力也会照样施展。有时作者不提及这颗炸弹对读者来说不是一件好事（但对作者来说却很有利），因为读者脑子里一直悬着这颗定时炸弹，他们为了了解炸弹的下落而继续读下去。即使故事中的人物不提及、不关注这颗炸弹，读者也自会投之以关注的目光。最惦记定时炸弹的是读者。

如果一本小说中厄运毫无疑问即将来临，这部作品就有张力。写作就是如此简单、如此奇妙。

无论故事里的主人公是否知道在自己头上高悬着一把达摩克利斯的利剑，读者对这一点都是很清楚的，他们深知厄运将近却又无可奈何，心甘情愿地承受焦虑，对制造这种焦虑的作者是又爱又恨。

詹姆斯·卡梅隆将一个爱情故事设在将要沉没的泰坦尼克号上，将这颗定时炸弹运用地恰到好处，以此来展现将要走向死亡的爱情。无论电影的前半段多么高涨澎湃、富有乐趣，观众也清楚地知道灾难即将来临。在故事发生之前，观众就已经预知要发生什么，这也是一种观影的乐趣。

彼得·本奇利的小说《大白鲨》中，这颗定时炸弹被具体化成了一只杀人的鲨鱼，它热衷于追捕故事中的主角，然后将其杀害。无论主角们在做什么，他们的命运终结者都正慢慢向他们靠近。米切尔·恩德的作品《讲不完的故事》（在美国被改编成电影《永远讲不完的故事》）描写的是一个被幻想占领的世界，一块乌云袭来，它将吞噬世间的全部能量，如果这块乌云不被制止，它将摧毁一切。故事中的每一分每一秒都在催促毁灭走向故事主角，愈来愈近，愈来愈近。

综合考虑故事中的场景、年代、背景和主要人物的心路历程，结合各个方面，思考你要为你的故事设置一个什么样子的情节，保证最终主人公的目标达成。

或者你可以将故事设定在2004年印度尼西亚海啸之前的日子里；或者也可以设在遥远的将来，太阳将要变成超新星（要爆炸的星星）的时候；或者故事主角可以是一个腼腆的中学生，三天之后暑假结束，他那位漂亮的女同学就要离开，她要去她的爸爸家待三个月。

作者要不停地煽动故事主人公内心的火焰。在时间上划一条界线，开始倒计时，加大赌注。从太空飞船抛下一架钢琴，然后开始计时，直到钢琴砸到某个人的头上。

也不是每部小说都需要设置一颗定时炸弹。黑暗统治者并不总是要摧毁自由的世界，战争并不总是要波及陆地，有时小行星会与地球擦肩而过，或者根本就没有小行星。除了即将降临的毁灭，一部小说还有很多种制造悬念的方式。

但作者有何理由拒绝给小说设置这种可以制造紧张感的自动装置呢？有哪个小说家不想让读者对自己的作品爱不释手呢？

花十分钟思考几种可用在你小说里的惨烈恐怖的倒计时，或者你一种也想不到（我对此表示怀疑）；可能即便你想到了一个非常好的、用于设定倒计时的绝境，你也不会用它。但将炸弹定时并且将故事主人公的性命与炸弹绑在一起，这种方式不仅能增强故事的紧张感，还能引出更多的故事情节，并且能够吸引读者让他们通宵达旦地看你的小说。

## 反面角色

在设计情节这一部分，最后要讲的内容是故事里的反面角色。如果小说讲的是一个人想要得到某些东西，那么就必须为他设置障碍。如果主人公想当总统，然后就顺利地当上了总统，这故事也就没什么意思了。换言之，小说要讲述的故事是某些人即便被阻挠却依然坚持自己的追求。小说就是冲突。

在学习进入三幕式结构之前，我们要先构想一下故事里的反面角色。

从某种层面来讲，小说也可以是一个关于坏人费尽心机做坏事的故事。即便你的故事里没有具体的反面角色，这也仍然是成立的。如果主角失败了，你仍然可以设定一件“否则”的事情。作者要将反面形象体现在外化的故事里，就必须知道故事里发生的是什么，是何人所为，以及为何为之。在你的故事里，坏人要做的坏事是什么，为者又是何人。

如果你写的是悬疑惊悚、推理或者恐怖题材的故事，那么其中无疑必须要出现一个反面角色。如果没有坏人当道，那也就没有故事可讲了。如果你写的是一个浪漫喜剧或者是关于前后几辈女人的爱情故事，你就不会自然地意识到反面角色的必要性。

我的话刚说完一半，不要急着构想你的小说。其实，对手不一定是坏人，他甚至不是一个具体的人物。《心灵深处的音乐》是关于一个男人与偏见对抗的故事，男主角的对抗对《美国残障法案》的通过起到了推波助澜的作用；《鲁滨逊漂流记》里的主人公偶尔会遇到真实的敌人，但大多时候孤独才是他最大的敌人。社会地位造成的限制也可以是敌人；生理的缺陷或者疾病也可以阻碍主人公达到目标。如果主角喜欢一个男孩，而她最好的朋友正在和这个男孩约会，她的好朋友不见得是坏人，但对她来说肯定是一块绊脚石。

无论你的小说是否要设置一个又瘦又高还时不时捋一下胡子的反面人物，针对故事主人公设置的障碍一定是必不可少的。思考一下你要写的故事，在故事主人公追求理想的道路上最大的障碍可以设为什么？

如果你已经按照本书第一部分的要求塑造了一个角色，那么你应该知道上面这个问题的答案是什么了。代表新事物或者旧事物的一个人、一个组织、一股力量都可以被设定为反面角色。

《土拨鼠日》中的菲尔·康纳斯想要回到他原有的工作和自私的生活中，却发现自己被时间隧道挡住了去路；《陆上行舟》中菲茨杰拉德想要造一轮汽艇越过一座山，但目标本身的困难性阻挠了他；《龙卷风》里面来势汹汹的龙卷风像是在故意刁难剧中的主角。

这类故事惯用的手法是将反面人物设成假好人，假好人与主人公进行暗中对抗，但不会直接伤害他；或者与之相反，即将角色进行对调，表面扮演坏人的角色其实属于正面派；或者是写一段坚贞不渝的爱情。总之，目的在于让主角摆脱对他有害的东西，引导他走向光明。

你的故事里如果用上这些招式会有用吗？反面角色一定要伪装自己和主人公站在同一边吗？如果不是非得伪装自己与对手站在同一边，坏人可以设为命运给主角的一番教训。

大多数故事都会采用经典的反面角色模式。这也就是传统的人对抗人的故事：两个枪手在公共场合对决；故事主人公锲而不舍、深入敌人老巢只为做一个彻底的了断；侦探最终逮到杀手；在即将爆炸的海底基地展开决战。

思考一下你的故事，什么样的反面角色最能激起故事主人公的内心冲突？

如果故事当中，当周遭的人道德沦丧而主人公还努力保全自己的尊严，那么反面角色就应该是主人公投降之后变成的样子；如果故事中主人公曾经的失误夺走了一个孩子的生命，他为此无法释怀，那么反面角色就可以是一个意欲用生物武器摧毁一所儿科医院的歹徒。想办法用反面角色挑起主角内心的冲突。

如果人与人对抗的故事对你来说还不过瘾，就试着探索别的可能，比如人类对抗自然（《大白鲨》、《完美风暴》）、人类对抗自我

（《化身博士》）、人类对抗科技（《机械人会梦见电子羊么?》、《终结者》）、人类对抗社会（《傲慢与偏见》）、人类对抗超自然或者命运（《伊底帕斯王》、《黑客帝国》、《土拨鼠日》）。

你的故事中必须有冲突，否则你的作品就不能成为一个故事。故事中必须有某个人或某些事为故事主人公制造障碍，否则它就不是一部小说，而只能是一篇描写现实的散文或者是一篇长博客而已。

作者要注意，阻碍故事主人公的力量要强大，必须是一个与主人公匹配的对手，要让主人公和他所要战胜的力量一样英勇。如果反面角色只是文学版的地下宝藏守护神，那么故事主人公的胜利就体现不出其英勇恢弘了。如果你将地下宝藏守护神换成高大的金属巨人，它有着活人一样的灵魂，那么这就是一个故事了。

你小说中的反面角色要设为何人、何物呢?

## 创作要素准备齐全

我希望这一章内容令你情不自禁地掏出了平板电脑或是笔记本电脑，因为它激发了你的想象，你要在电脑里记录下许多新鲜出炉的想法。我的目标就是将上好的肥料播撒到你们思想的土壤中，让你们脑海里的潜在想法开始生根发芽。我们还没有真正开始设计情节，但是我希望你的脑子里已经萌生出种种可能。

从戏剧的角度来说，我们处在准备布景阶段，也就是制作道具、缝制戏服、选择窗帘、布置灯光的阶段。我们已经知道演员是谁，知道每个演员扮演的角色。现在我们考虑的是要如何将这出戏呈现在观众眼前。

通过思考题材、年代、反面角色以及其他因素的种种可能性，我们不断探索如何才能最好地呈现故事主人公将要经历的心路历程。如果《罗密欧与朱丽叶》能达到和《西区故事》一样的效果，《圣诞颂歌》能够演绎成《真爱找麻烦》那样的风格，如果你敢于突破自我，或许也可以给你的故事带来一系列全新可能。

在打造小说情节的过程中，作者要不断回顾以上因素的种种可能。若是将你的英雄传奇写成一部稍有纰漏的喜剧小说，但却可以更好地表达故事主人公的心路历程，那就大胆尝试一下吧！

# 13

## 关于序幕和人物引入

你要是没读过一本叫作《汤姆·索亚历险记》的书，你肯定不知道我是谁，不过这没关系。

这本书的作者是一个叫作马克·吐温的人，他大多讲真话。偶尔他也会夸大其词，但大多讲真话。偶尔不讲真话其实也不是什么大事，我从没见过一个从不撒谎的人，无论是波莉姨妈、寡妇还是玛丽，她们都撒过谎。波莉姨妈（汤姆的波莉姨妈）、玛丽和道格拉斯寡妇都是《汤姆·索亚历险记》中的人物，这本书大都是实话，但如我所说过的，免不了有些夸大之词。

——马克·吐温：《哈克贝里·费恩历险记》

你的小说要怎样开头呢？我希望是以一个出彩的句子开头，这样便能够迅速抓住读者的心。你是要以序幕开始呢，还是开门见山，开篇就写主体部分？你是先让主角登台呢，还是让其他人物先亮相？

如果你像我一样在小说家研讨会上教小说家们写作，你会听到别人是怎么教写作的，尤其是和你讲授的写作方法相异的内容，这时你一定会听得更仔细。学员会跑来问我："为什么你教的是这样，而隔壁教室里的老师教的是那样呢？"原因是在小说写作中，有几个话题比起一部小说该如何开头更具争议性。

在这一章我将讲解如何写好小说开头。我首先要讲的东西似乎有一点离题，因为它既无关情节也无关人物，但其实这不能算是离题。在故事正式开始之前，你应该保证准确无误地介绍关键人物，从而确保情节能够顺利展开。

## 序幕的取舍

序幕是放在主体部分之前的一个片段或者部分。有时序幕会包含你的作品当中的某些部分，有时序幕是完全记叙一些与书中故事无关的事情，比如用故事发生之前的事件开头。有时序幕是书中大事记的一幕，也就是预叙，而故事的其他部分随后便会纷至沓来。

序幕是好是坏，还是根本无好坏之分？或者换一个更好的提问方式：你的小说要加序幕吗？如果你听过一些写作老师的课，他们会告诉你序幕有百害而无一利，所以要坚决摒弃。

在小说家研讨会上，我见过代理人和编辑审阅的提案，那是作品尚未发表的小说家交上来的。当他们翻看样稿见到序幕部分的时候，他们总要将序幕部分抽掉。

说真的，这是非常愚蠢的行为。好像只要开篇第一页的上方中间写着“序幕”二字，这部小说就被认为写得不好。这就如同每当开篇第一句里出现“茄子”或者“电脑”这类随意的词汇，编辑们就会不屑一顾一样。

在谷歌输入“小说序幕”搜索，会出现很多讨论序幕的博客或者文章，大多数是关于为什么序幕不好、为什么不该用的问题。

公平地讲，很多小说作者是出于错误的动机写序幕，这样写出来的序幕确实不好。最常见的误写序幕就是将幕后故事搬出来给读者看，作者自认为这样一来后面的故事就顺理成章了，“哟，路障都扫清了。”如果是这种情况，我认为序幕确实不该有。

其他需要摒弃序幕的情况还包括以下这些：比如序幕的风格和基

调与书里其他部分完全不一致；或者序幕部分只是为了吸引读者的兴趣而对后面内容所做的预叙；或者序幕部分只是重复了其他部分的内容。

在上述几种情况下，我不否认序幕确实成了一块瑕疵。但是，合理的结论应当是这样：不是所有的序幕都不好，而是有一部分序幕比较差劲。如果你能恰如其分地作一篇序幕，那就是为你的作品锦上添花了。

荒诞之处在于，同一部作品，仅仅是因为作者将开头的“序幕”删掉，换之以“第一章”开头，编辑就会照单全收。真是荒谬！

一个读者就因为一本书有序幕部分而将其否定，这就如同一个人因为香蕉熟烂了就发誓以后永远不吃香蕉一样。正确的应对方式不是一个香蕉都不吃，而是要注意哪些香蕉可以吃。

正如我在第一部分所提到的，我坚信破坏常态之前应该构建常态。在故事正式开始之前有必要向读者说明故事人物的生活是什么样子的。否则，我们就无法在后文中交代清楚（读者也不会关心）她原本的生活是怎样被打乱的，因为如果没有介绍，读者根本就不知道她原本的生活是什么样子。

从定义来说，对常态的描述更多的是介绍主要人物的典型生活状态，而不是让故事以欢闹开场。当然上面这两种情况可以同时出现在开场中，但也不总是可取的。如果在描写一段典型的现实生活之前，早已开始为炸弹爆炸倒计时并以此唤起了读者的兴趣，这对读者、对作者都是好事。作者要思考的是如何展示故事人物生活的常态并且同时保证气势兼备。

我们来看一下动画片《花木兰》。核心人物木兰首次出场时，她在做什么？喂鸡。好吧，这是一个有意思的场景，接着美妙的音乐响起，但是这些都颇具乡村气息。再往下的剧情也没有上演木兰与命运的交锋，而是她和媒人见面。要是没有前面的序幕做铺垫，这其实是一个很无趣的开头，因为在这些常态的场景之前已经交代了背景：敌人单于正率领大军越过长城即将入侵。

现在观众看到的场景是木兰在喂鸡，不禁觉出危机重重。大敌当前，难道她没有察觉吗？看到她打扮得漂漂亮亮的去见媒婆，观众们感觉到厄运临近。

序幕之所以有用是因为这部分可以用来介绍反面角色、危险以及毁灭的倒计时。即便引入故事女主角的场景不够激烈，观众也不会介意。这一部分的轻松是合理的，通过这一部分我们了解到一个常态生活中的木兰。其最大的作用在于将主角和反面角色放到了并列的位置。即便两人对他们之间未来的瓜葛毫不知情，故事也已经将这两个人联系在了一起。再有，不必为了吸引观众非得用动作场景来引入故事人物。一个好的序幕完全能够胜任吸引观众的重任。

我们再落实到你的小说上。在上一部分讲到定时炸弹的时候，你有没有想到一些好点子？将它们用作你的小说开头行不行呢？为了确保这颗定时炸弹能够有效地为故事增加悬念，要尽早将炸弹引入，那么第一页是再好不过了。

当然了，你可能希望故事人物的引入部分能够非常炫目，这点我们接下来会讲到。但是如果你的悬念已经在序幕中设置完毕，就无须介意人物引入部分炫目与否了。

## 如何写一篇好的序幕？

如果你认为你的小说需要序幕，你要确保序幕的基调恰当。如果你写的是惊悚题材，你要写的就是一个惊悚版的序幕；如果你的小说是关于一段奇妙的发现之旅，那么你的序幕就应该是一段奇妙的内容；如果你写的是甜蜜的爱情，序幕就要用幸福的基调来写。一篇序幕的关键就是要保证它给整本书定下恰当的调子。

如上文所说，一篇好的序幕还应该制造出悬念。即便不是明明白白地表述出来，那也应该在序幕部分对潜在的危险进行暗示。定时炸弹开始倒计时；火山即将爆发；小行星受太阳耀斑影响，活动幅度减小，瞄准地球准备撞击；在水坝底部看不见的地方一条裂缝正在形成。暴风雨即将来临。

更理想的情况是，序幕部分也引入了反面角色。让她露个脸，大家都知道她没安好心。在某些题材的作品里，坏人的身份最好不要暴露，但即便如此，序幕里还是可以提到故事里面有个坏角色。当读者了解到有潜伏的坏人，故事的紧张感将会增加。

完美的序幕应该做到：

- 为全书定好基调；
- 制造悬念或者暗示危险；
- 定时器开始倒计时；
- 引入反面角色。

很多反对序幕的小说家认为，序幕“不过是介绍了一个坏家伙并且让全书轰隆一声开场，简直一无是处”。确实，如果一篇序幕与全书无关或者与全书风格完全不吻合，那当然要舍弃。但如果你的序幕做到了令全书轰隆一声开场并且介绍了书里的反面角色，我反而认为这是一篇成功的序幕。

虽然我已经暗示过了，但序幕部分不该包含的内容还是应该清楚地加以说明：

- **背景故事**——如果你确实抵挡不住在序幕中讲解背景故事的诱惑，一心要把故事开始之前发生过的事情交代清楚，那么你最好先向专业人士请教。你一时冲动要把人物的历史全部摊开来说，这对你的整部作品确实毫无益处。你可以用其他部分（如生平大事记）对人物历史略做介绍，但绝不应该是在序幕部分。历史、解释和其他形式的说明（包括倒叙）一律不能有。
- **跑调内容**——如果你的故事是写乖乖犬历险记，那么就不要在序幕里写核战争。或许你认为这是一个极端的例子（如果你要写男孩和他的狗狗的故事，也不要在序幕部分写核战争），我所要表达的意思是，序幕要为全书后面的部分定下准确的基调。

- **随意的动作场景**——无论是节选了故事当中令人振奋的动作场景，还是纯粹为了吸引眼球而写的毫无意义的动作场景，随意的动作场景绝不是作为序幕的好材料。

并不是每本小说都需要序幕。对很多作品而言，序幕有或没有都一样，或者没有序幕会更好。但是，如果写序幕的出发点正确并能写好，一篇序幕对一部小说是大有裨益的。假设你能在序幕的部分写出反面角色为主角设置障碍，你的小说会有什么不一样呢？去看看别人关于序幕之利弊的争议，想想这些争议和你的作品是否有关联，然后决定你的作品是否需要有序幕。

## 主角首次登场亮相

部分小说家不会着重考虑如何设置主人公首次出场的场景。许多作品中的主角是以对话的形式出场，或者做着其他某些不具个人特色的事情。这通常是因为在写主人公首次出场的时候，小说家既想引起读者的兴趣，又想引入故事主人公。

在小说中和在生活里一样，第一印象至关重要。读者第一次见到故事主人公时，想看到他在做一件与他性格相符合的事情，这件事情能够立刻体现出他的性格特色，让读者从中窥见他的不俗之处。

让我们回想一下第 8 章里创建人物独白的场景。我当时提到我们在后文中还要用到这一点。回顾一下你当时写的场景，就是最能表现出主人公真我的情境，在这种情境里他的言行举止都能展现他的性格本质。在本书第一部分，你只是虚构了一个场景，而现在则要把你虚构的场景真正落实到你的故事里。

如果要把题材、场景、年代等因素都考虑在内，并且要求你用最完美的方式来呈现你的故事主人公，你要怎么做到呢？你可以取材于第 8 章中所写的独白。回顾一下你当时所写的内容，你认为令你的故事主人公不同于其他角色的特质都有哪些？考虑一下如何用故事里的场景将这些特质表现出来。

007 电影系列中，主角出场时一律是詹姆斯·邦德做着某件其他人难以执行的事情，比如轻而易举地捉拿坏人或者是机智巧妙地拿到情报。通常故事里面会出现一位“邦女郎”。在故事真正开始之前，我们就能准确地判断这个机智勇敢的家伙是谁，以及这部电影要讲述一个什么类型的故事。

这也是我们要为你的小说设计的玄关。好好思考一下你的故事人物，想想如何在出场的一幕里表现出该人物的特色。

我所知道的电影当中，《夺宝奇兵》的人物出场设计可谓巧夺天工。想想开始的那幕标志性的丛林场景，男主角印第安纳·琼斯所言无几，正是通过这种场景设置我们感受到了他是一个什么样的人。我们能通过这一幕知晓他是一个硬朗的家伙，枪械长鞭都会用，古时候设的埋伏和埋藏的宝藏他都能辨认，他的勇气和胆量也得以展现。观众会觉得他挥挥拳就能把电灯给熄灭了。我们看到他的足智多谋，同时也看到他的美中之不足：他的虚荣（帽子）、他的恐惧（怕蛇）。从中我们已经看到了他的对手是谁。

在这一系列连续上演的场景之后，当看见他荡着树枝从陆上跳进水里，看到他驾驶着飞机逃走，我们不仅了解到了他是一个什么样的人，也意识到这会是一部什么样的电影。

电影开场的这几幕其实可以单独拿出来做一部微电影，这一部分具备非常出彩的故事情节，可以成为一个独立的单元。将其设为电影开场能够在观众心中设置期望值，他们知道这部电影将带领他们经历一段奇妙的旅程。

故事主人公初次登台亮相时，最好写一个单独的故事。你完全可以假设这个角色是一个配角，他只在这一场戏里出现，但是你想让他的出场光彩夺目、令人过目难忘。

想想在你的故事中主人公的特质是什么，并围绕这种特质打磨一个故事。记住之前所写的人物内心独白，同时以印第安纳·琼斯和詹姆斯·邦德为鉴，看看你能为你的故事主角想出一个什么样的出场秀。

故事主人公的出场也不必非得是动作场景。如果你写的是爱情喜剧，将出场设为动作场景那就大错特错了。想想木兰喂鸡的场景。你要考虑的是你写的是一本什么样的书，然后写一幕小短剧或者是一系列连续发生的简短事件，以此来表现一个本真的故事主角。

要展现故事主人公所追求的目标、想实现的理想，以及他有哪些可爱之处，引入部分是一个绝佳的展现场地。你的读者要花费数日，甚至数月来阅读你的小说，如果你的读者要和这个主角共处三百多天，主角可不能是个愚钝之辈。即便故事主角偏偏就是一个愚钝之人，她的心路历程也不过就是“愚钝”二字（暂且不管你的故事主人公有多么不乐意），在她首次出场的部分，作者仍然得向读者展示她为什么值得同情。

你不单单要为你的故事主角打造出场秀。如果你的故事里有反面角色，你也要在故事开头为他设计绝妙的出场，或者是将反面角色的出场放在序幕部分。如果你的故事主角有心仪的对象，那么这位被心仪的人的出场就需要精雕细琢，保证给读者留下好的印象，当然了，主角的出场也是一样。《梦幻英雄》里面亲信角色和可疑角色的出场都是精心设计的。作者要为每一个自己想要打造的角色精心打造出场场景。

对于不重要的角色，为他们设置的出场当然就要简短一些。可能只是很短的一幕，比如这个角色跌跌撞撞地走进了一个房间，或者她手里的一盒甜甜圈掉到了地上，或者是一个极短的站在门口读电报的镜头。《双城记》里狄更斯为厄弗里蒙德侯爵设计的出场就非常令人印象深刻：厄弗里蒙德侯爵疯狂地驾驶着马车，在轧死一个农民的孩子之后若无其事，还对挡道的路人骂骂咧咧。

巴利曼·巴特波尔在《指环王》里戏份不多，却让人过目难忘。他第一次出现在镜头里的时候做着他的本职工作，也就是招待客人，这时候我们看到他很和蔼。作者托尔金设计的这一幕表现出了其主要的性格，同时也让观众记住了这个角色。这对后续情节极其重要。

在配角出场的场景当中，试着套用上述模板。想想在他们首次出场的时候，让他们做什么事情可以表现出其特质。

在本章结束之前，我想花点时间来讲一下没有序幕的小说。即便没有序幕，故事的开头也不能打折扣，还是应该做到吸引读者并且让故事有活力。如果你不想要序幕，那么你的故事开场部分就要完成三个任务。除了吸引读者之外，你还要让故事以符合全书基调的方式开头，并引入故事主人公（没有主角出现的开头就得称之为序幕）。因此如果你的故事没有序幕，你就要在小说开头让主角以恰当的方式出场，同时还要保证故事能吸引读者，并且为全书奠定正确的基调。

这些当然都是做得到的，并且能出色地完成。《夺宝奇兵》和 007 系列电影能做到，你也一定能做到。

## 准备工作结束

三幕式结构还没讲，与情节设计相关的内容就已经占据了本书很长的篇幅。你已经知道了你要写什么题材的故事，背景是什么，反面角色和心路历程已经设计好了。故事的年代、情境和主题以及其每一个具体的细节都已经考虑过了，并且也设计了开头和故事主角出场的方式。

各种要素已经准备好，运用这些要素写出来的故事一定不错。作品将体现出各种要素是否到位，读者在阅读过程中也会受到各种要素的影响。如果我讲授的写作方法无误，即便还没讲到故事结构，你脑子里现在也一定是装满了故事要用到的各种元素。我的目的就是通过启发你，让你对自认为不擅长的事物跃跃欲试。

接下来让我们一起继续有意思的学习，一起设计你的小说吧！

# 14

## 理解三幕式结构

生活就是一场普普通通的戏，最后一幕的内容写得尤其差劲。

——杜鲁门·卡波特

我们接下来要讨论的是故事情节的结构。我们在之前的第二部分所做的一切都是在为这部分做准备，因为到了这一部分我们才开始构建小说的框架。之前所讲的题材、主题、年代、反面角色等都是用来为这一部分服务的，但框架的构建才是主要任务。这就像是要决定建造一艘快艇或是渔船，它们的功能和设计不同，但是某些结构性原则对二者来说都是适用的。

三幕式结构的定义因人而异。专家对“幕”为何、有何用、如何划分持不同意见。部分专家甚至说三幕式结构太过时了，或者将用三幕式结构写出的小说定义为程式化作品。

在我看来，如果作者运用的结构能够帮助他讲完故事并且达到预期目的，那么这就是可取的结构。是三幕式、五幕式还是二十幕式，不定是几幕式呢，又有谁会在意呢？但是，要想让读者被小说作品吸引并且读完之后对故事满意，对于人物至上的小说家还有想用结构来吸引读者的作者来说，选择经典的三幕式结构肯定是正确的。

从本质上来说，三幕式结构就是一种组织故事的方法。最简单的解释就是“开始、中间和结尾”。也有人将这三部分比喻为河流、湍流和瀑布。这种解释对于理解故事当中渐增的戏剧性和节奏是有帮助的。你或许听过另外一种解释：铺垫、对抗和解决。这种解释和我的个人观点最为接近，但我认为其不足之处在于两个部分之间的界线设置得不得当。

在本书中，我们将这三幕分别定义为：

- 第一幕：引入；
- 第二幕：故事核心；
- 第三幕：高潮和结局。

在这一部分我还是打乱次序来讲。我个人认为，先讲故事核心部分能够使其他两个部分更容易理解。本书将按照第二幕、第一幕、第三幕的顺序来讲。

## 三幕式结构简介

在这一部分我简单绘制了一个图，具体如下：

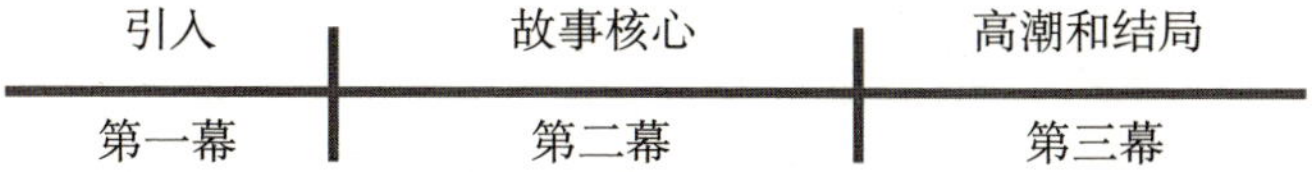


在下一章我也会提到，故事的核心是第二幕，因为在第二幕中，会上演有决定意义的故事情节，主人公的心路历程也将在第二幕展现。

但你也不能直接从第二幕开始写。比如在《指环王》里，不能开场就写佛罗多来到末日火山，否则这些情节本身就失去了意义，读者当然也就不会关注你写的故事。在核心展开之前，你要先交代正在发生的是什么事情、当事人是谁、危险是什么、坏人是谁、发生的一切有什么意义。这些是要在第一幕里所做的铺垫。

当第二幕里的冲突达到顶点，第三幕就要开始了。在第三幕当中，作者要展示主角和主要对手的最终对抗。第三幕还包括结局，也就是落幕部分，即组成小说结尾的结果部分。

在故事节奏上，我们已经说过三幕分别代表了河流、湍流和瀑布。这些象征表现出故事进展的速度和危险程度。但对我个人而言，这种解释还不足以说明每一幕中的情节所带来的感觉。用一张图形化地图来表现每部分的起伏跌宕会比较形象：

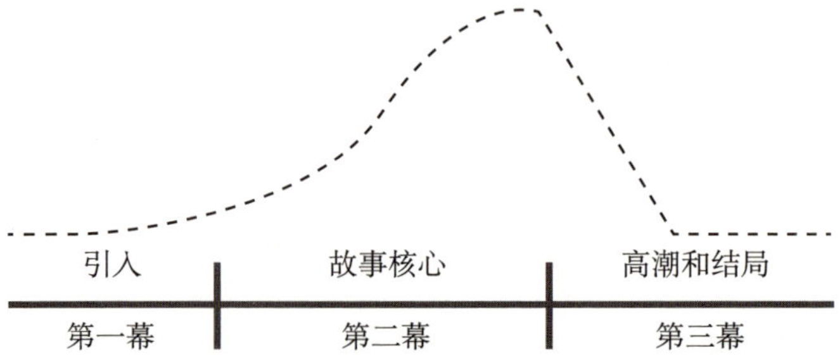


用上图表示，剧情的跌宕起伏就更加明显了。最高处如同跳板，最低处象征气垫。或者不是跳板，而是伊斯帕尼奥拉岛上距甲板一码高的地方。冲突越是激烈，对抗就越强烈。

由此可见，第一幕中我们是在熟悉情境和人物。第二幕正如图中的标注文字所示，是故事的核心，除了大结局，故事主体都在这一部分产生。故事是如何从主角常态的生活发展到了主角身处风口浪尖的境地，我们要写的就是这部分，读者感兴趣的也正是这部分。

## 情节为谁而设？

你可能会认为这是一个愚蠢的问题，但是你再重新想想，故事里为什么要设计情节呢？

用这本书里的模板创作小说，其关键就在于故事主角的心路历程。从根本上来说，无论是写他经历一种转变，还是避开一种转变，其实就是心理的探寻，这才是故事的本质。但内在的经历和体验在很大程度上是不可见的，因为作者写作的方式往往是间接展现内心而不是直接把内心展现出来，作者不希望自己的作品充斥着一连串的内心独白，而是想通过各种人物、背景以及场景来表达心理活动。我们需要一个能写得出来的故事，一个能搬上舞台甚至大屏幕的故事。

其中关键在于将不可见的思想转变成可见的情节，将内在的东西外化，将精神的真理具体化，使其以可观可感的形式呈现。

主角的心理会频繁地发生转变，在他身上各种念头昙花一现，每转变一次就要有对应的外部情节，所以情节就是略过主角心头的念头的寄主。这也是读者阅读作品的乐趣所在。

正如语言是思想的载体，情节就是主角转变的载体。如果没有语言，别人就无法理解你的表达；如果没有情节，别人就无法体会故事主人公心路转变的意义。讲话者的表达越是清晰，他原本的思想就越有力量跨越时空，就会在他人的思想里以越加接近原意的形式重构。

一位艺术家可能脑海里有一个形象或者一首曲子，在他的思想里，他的作品已经清晰可见。但如果他不能以一种可观的形式（图画、雕塑、歌曲）呈现出来，他脑子里的作品还是原封未动、无法表达出来。对情节来说也是一样的。小说的情节就是你呈现的形式，用来表现令人难以置信的心理冲突和决心。情节是一种用来观察及外化作者想要表达的内容的形式。

让我们一起将你大脑里美妙的故事变成一部真真正正的小说吧！

# 15

# 第二幕：故事核心

你的故事就是这中间的第二幕。

在第一部分我曾讲到人物心路历程的事态升级阶段就是故事的核心。这正是核心部分的作用所在。事态升级阶段大致等同于故事情节里的第二幕。

在故事主角的心路历程中，事态升级部分就是新旧两种道路发生冲突的时候。走老路有害，但主人公却认为对她来说走老路是最好的，这种老路与一个代表新路的挑战者相遇，就像菲尔·康纳斯努力逃脱一再重复的土拨鼠日，或者狄更斯的作品《圣诞颂歌》中吝啬鬼埃比尼泽·斯克鲁吉努力躲避前来拜访的幽灵一样。主人公为了回到过去而做的种种努力都受到阻挠。随着剧情的不断发展，故事主角的内心变得越来越绝望。

这就是第二幕中要上演的剧情，换言之，第二幕为故事主人公提供了一个上演内心戏的地方。

心路历程的事态升级是通过设计**矛盾**实现的。矛盾导致愤怒，使人们情绪激动，将人物最善的一面和最恶的一面都展现出来，平时隐藏的东西也随之暴露。简言之，矛盾外化了本应继续以内在形式存在的和隐藏着的东西。

## 中间部分的精彩

在情节这一部分，故事主角心路历程的激化阶段是全书最有趣味的部分，也就是第二幕。第一幕和第三幕都是用来为第二幕做支撑的。第一幕是用来做好准备和铺垫，第三幕则让趣味达到顶点。

借鉴英国作家威廉·戈尔丁的代表作《蝇王》来考虑一下我们的三幕式结构。

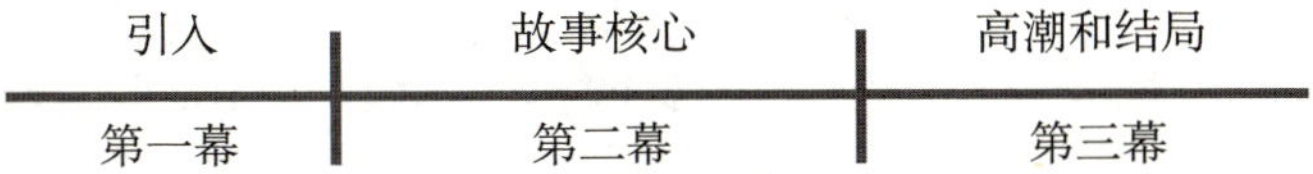


这本书最有趣味的部分就是第二幕，也就是杰克和拉尔夫之间的冲突不断升级的部分。在这一部分，原本有教养的英国孩子变成了凶残的丛林动物，戈尔丁在这本小说里大量展现了对人物的研究、对群体动态和道德堕落的探索。

《蝇王》故事的趣味在于堕落，但是戈尔丁不可能直接从堕落开始写起。首先他要向读者介绍故事里的人物、情境。在进入故事核心部分之前，必须要做好铺垫，也就是向读者交代清楚核心故事之前发生的事：飞机在丛林上方坠落，飞机上是一群有良好教养的英国孩子，孩子们盼望马上得救，他们确实落到了一个孤岛上。这些背景戈尔丁在这部小说的第一部分已经交代清楚了。

另一方面，杰克一派和拉尔夫一派的矛盾被激化（在第二幕中精彩的细节描写），猪仔死掉了。而第三幕的内容包括了两派之间矛盾的巅峰和对人类堕落成野蛮人的描写。

至此你应该清楚为什么大部分事件都发生在第二幕了吧？因为第一幕为其做好了铺垫，而第三幕则是为第二幕设计的一个合理结局。

## 你小说的第二幕

以上我们讲的都是纯理论，现在又该将理论联系实际了，让我们想一下三幕式结构该如何落实到你的小说中。

前面讲到故事主人公心路历程的激化阶段，现在回顾一下你记的相关笔记。这是整部小说的核心。不仅第二幕要写激化阶段，第一幕和第三幕也要进行相关描述。思考主角想尽早战胜的新路子是什么？他要回归的老路子又是什么？再次确认他的心结到底是什么？心结若是解开，情节将会如何发展？

接下来就该考虑如何将故事主人公的内心活动外化了。

前面你已经想好了新路子、老路子的象征是什么，那么就从这里接着想。想到好点子了吗？从故事的背景、题材、情境中能够挖掘出哪些素材？反面角色能为故事增添哪些因素？故事本身附带了哪些可用元素？将所有之前准备的素材汇总到一起，保证所有素材都在这里，然后就可以对这些素材进行整合了。

美国原版《星球大战》（声明一下，这是“我最喜欢的电影”，没有“之一”）就具备一个非常好的三幕式结构。希望对这部电影的分析能够帮助你更好地理解每一幕的写作，同时帮助你写好你小说中的三幕。

有很多种切分这部电影的方法，但我有自己的切分方式。我认为，第二幕包含了主角在死星上的整个活动。在这一部分，主角们经历了极大的危险，遭遇了很多挫折，克服了诸多障碍，阻止了一起破坏活动，救出一位公主，像一个团队一样凝聚在一起，然后成功脱逃。这些都是外在的情节设计，所有这些正是这部电影的重头戏。

在第二幕中，最重要的事情是我们伟大的英雄心理不断成熟。

故事开头，卢克·天行者本是一个被宠坏了的农家孩子，想方设法要摆脱在家族农场做活的日子。在电影的高潮部分（第三幕），他变成了一个头脑冷静的年轻人，愿意为他所坚信的使命牺牲自己。是什么让他发生了转变？

为什么呢？当然是因为第二幕。在死星经历的事情让卢克成熟了很多。他发现自己很强大，能够经历战争并存活下来，敢于违抗一个帝国，并拯救了一位公主。他成为了一位真正的英雄，而不再是只会耍嘴皮子的家伙。他做了别人没做过也不敢去做的事情。同时，卢克在这一幕中也承受着失去，这就让故事开头卢克的失去显得更加沉重。在很短的时间里，卢克成熟了。

你现在该清楚情节中的事件是如何使他发生改变了吧。他的内心悄然发生的改变是看不见的，但变化的起因是看得见的敌人和事件。在故事发展过程中，他的外在表现揭示了他的内心变化。

你的故事也应该这样写。

## 外部情节的入侵

思考一下主角的心路历程。要使他发生变化，在他身上看见冲突，你要引入的外在事件应该是什么样的呢？

之前我们提到过诱发事件。想想当新事物闯入主角的生活，致使他经历一段波折，最后他的生活因此而发生转变。就根据这些事情进行推测，新旧之间的矛盾是如何激化的呢？虽然故事主人公内心的计划无疑也在进行。现在我并不是指这种升级，我所指的是外在矛盾的升级。

为了避免混淆，我将角色心路历程的诱发事件和外在的诱发事件区分开来，外在的诱发事件称为**入侵**。

入侵指的是故事主体部分侵入主人公的生活。在《拆弹部队》中，当故事主人公认为他结识的一位伊拉克朋友惨遭杀害，他的生活就是被入侵了。

我知道这很容易让人产生困惑，因为有些情况下，针对故事主人公心路历程的诱发事件同时也是外在的诱发事件。当闪电麦昆被转移到水箱温泉镇，外部情节和他的心路历程同时开始了。但是也不要忘了将二者区别开来，因为有些情况下这两件事情是分开的。

我曾经写过一个关于急诊室医生的故事。因为被牵扯进了一次人流事故当中，故事主人公深受困扰。外在的入侵事件是因为一个婴儿因为流产手术失败而活了下来，但又很快死去，医生同时在出生证明和死亡证明上签字。自此之后他就开始了一段心路历程：克服重重障碍接受自我，当他看到别人对一个不值得的人付出无条件的真爱时，这段弯路才正式开始。当他第一次看见别人无条件地接受他人时，他开始反省自我。

在你的故事里，想一下故事人物的心路历程的诱发事件和外在的诱发事件是否是同一件事。弄清楚这一点，在你写作的过程中就能保证二者不会混淆了。

如果入侵是指乡下恼人的亲戚来了，那么这位亲戚是不是要搬来和主人公一起住？随着故事的不断发展，起初的不满会不会诱发更多的不满？如果入侵是对珍珠港的入侵，那么小说的其余部分是不是关于主角在太平洋上英勇作战？如果入侵是外族人的侵略，那么故事主角会不会誓死抵抗？

雅各·马利的到来对埃比尼泽·斯克鲁吉构成了入侵，通过设计这一事件，雅各或者其他的鬼魂会不会一直存在，在下文中一直构成入侵？（查尔斯·狄更斯在《圣诞颂歌》里就是如此设计剧情的。）如果把入侵的事件设计成罗密欧第一次邂逅朱丽叶，他想再见到朱丽叶的渴望（和见到朱丽叶时要面临的危险）是不是就可以成为故事冲突的来源？

你需要的是大量的外在冲突，运用这些冲突来创作小说的主体部分。

但也不能随便拿来一个冲突就用，一个恰到好处的冲突才能成功地激起主人公内心的波澜。无论故事主人公是否已经意识到他现在的生活对他构成了伤害，作者都要设计一种特殊的刺激方式来让他摆脱现在的生活。

外在的进攻或者激化必须不偏不倚正中主人公心理的软肋，你要将哪些外在进攻或者激化引入主人公的生活呢？

如果是因为不宽恕而导致的孤立，你可以将外在的激化设计成一群毫不知情的客人，他们在主人公家里谈笑风生；如果心结是她的自私，你可以在她的生活里安排一群有需要的人，并且只有她能帮上忙；如果心结是害怕被抛弃，可以把他扔在孤岛上或者关他单独禁闭；如果心结是傲慢，那么就可以将外在入侵设计成一份能将她彻底羞辱的工作。

如果要给你的故事主人公设计一个合适的衬托，使其与主人公要赎的“罪”形成对比，你会设计什么呢？

你需要的不只是一件事情而已，而是能够持续提供冲突的源泉，一股能够持续增强的对抗力量，以此阻止他回归从前。

菲尔·康纳斯就是无法逃离困住他的时间隧道，他越是努力，摔得就越惨；拉尔夫越是不能将杰克和其他的男孩收拾服帖，他们在岛上孤立无援的时间就越长；埃比尼泽·斯克鲁吉无法让鬼魂不来探访他。

这种冲突不必非得导致流血事件或者发生其他不幸。关键要注意一点，就是主人公要回到过去的愿望被阻挠。

电影《宛如天堂》中，温文尔雅的戴维痛失爱妻，为了忘记悲痛，他决定租住另外一套公寓，出乎意料的是一个叫伊丽莎白的姑娘宣称自己才是这套公寓的拥有者。而伊丽莎白实际上是之前的房客，她已经在车祸中丧生，但是鬼魂仍然在这所公寓。伊丽莎白坚持要戴维离开，戴维则始终认为房子是自己出钱租的，两人为了房子的归属问题发生了冲突。其中经典的一幕是戴维要看电视，但是伊丽莎白躺在咖啡桌上挡住他的视线，并且高声唱着戴维亡妻安妮以前唱的《明天太阳还会升起！》。他想方设法却始终无法摆脱她。这是能够持续制造冲突的非常好的来源，他们之间的冲突最终使双方都解决了各自的问题。

电影《比赛计划》中，乔·金曼先生八岁女儿的突然出现打断了他原本富足散漫的单身生活。女儿的频繁出现屡次阻碍他过自己喜欢的生活的愿望。这种生活方式其实是在毒害他，但是他不自知。他年幼的女儿就是解药，但是他也看不到这一点。渐渐地，随着外在不断滋生的情节，女儿这剂温柔的解药渗入他的自恋中，他开始意识到女儿需要他，最终意识到自己也需要女儿。

如果女儿这个刺激物没有出现在他的生活里，他就永远不会变得更好。

你想怎么使用外在的入侵刺激你的主角呢？

## 构建框架

如果你已经找到刺激故事主人公的冲突来源，那么你就已经做好了为第二幕构建框架的准备。你已经准备好铺设轨道，也就是贯穿整个故事的主线。我们就从中间部分开工，然后再延伸至开头和结尾部分，保证全线贯通。

静下心来，认真考虑一下如何给不幸的故事主人公设置一系列厄运。作者很清楚主人公的心结，也知道还有一个解开心结的办法。作者已经找到了不断给主角制造麻烦的冲突源，这个冲突源就像一个设计完美的手术工具，在触碰到肿瘤之前一直在主角的身体里试探。主角可以任你摆布，而作为作者的你是不是超得意？

冲突源要以什么样的方式开始进攻主角的内心，想出六到十种方式。开始时，小打小闹式的进攻，往后就要动真格的了。

阻止主人公回到过去的努力一直受阻，他会对每一次的进攻做出何种反应？把你能想到的反应大致记下来。面对冲突源发起的进攻，他会如何反应呢？回顾一下主人公的核心特点，浏览一下他的内心独白部分。当他遭遇了冲突源的狂轰猛炸，他会做什么呢？他会想出什么办法来战胜冲突呢？当每一种办法都以失败告终，他的内心矛盾将怎样激化？设计出一到六种方式使主人公的沮丧焦虑不断升级，作者要注意随着时间一点点消逝，离定时炸弹爆炸的时间也就越来越近。

如果境况变得越来越令人绝望，他会如何反应呢？当碰撞越来越真实，结果越来越无望，他会采取什么极端措施？这正是作者要碰触人物核心的时候，在一次次的试探之后，你要设置最后的障碍了。主人公自己能感觉到周遭的一切都摇摇欲坠，但作者清楚在漫长的“守云开”之后“见月明”的一刻就要到来了。

在这一部分，作者应该记住自己最主要的任务是**设置不断激化的外在情节**。这和心路历程非常相似，作者完全可以想出一些更好的激化情节。这部分你需要花大力气想办法让外部情节越来越危急。反面角色可以派上用场了，他是如何制造麻烦直至让主人公忍无可忍？如果主人公不对他进行阻止，会有哪些可能？如何使情节更危急、更真实？

将你所有的想法绘制成一张粗略的事件地图。当你看见这张地图的时候，感觉就像一张清单，上面记录的事件描述的是不断升级的矛盾。从诱发事件往后，想出一件令主角回想到过去受挫的事情，然后写出他要如何渡过这一关。接下来就是另一次更危急的冲突，他的反应也随之激化。就按照这种持续升级的走势设计情节，直到故事主人公再也无法忍受自己的沮丧和焦虑为止。

接着上面的情节，再往下就是主人公完成转变的阶段了。虽然我们在讲外部情节事件的设计，但要注意用“依然不接受现实”、“开始崩溃”、“开始重新思考人生”这类内心活动指导写作，这样能够帮助你设计出主人公将要经历的关键时刻。

你可能还需要单设一个专栏跟踪定时炸弹的进展。炸弹造成的危险不断增加，故事主人公的绝望也随之不断升级，这正是第二幕的张力所在。

第二幕就是激化的冲突。作为小说的核心部分，主人公的防线被一一击破，直至心理防线彻底崩溃。外部情节可能是一场足球比赛、一场战争或者一段被禁止的爱情，但都是与主人公相关的事情。

这就是第二幕的框架。

## 从地图到手稿

你需要将情节地图变成看得见的作品。外在的情节若是写主人公在自己家中对付火蚁，第二次的激化就要写害虫战胜了主人公喷的杀虫剂，第三次升级就要写火蚁咬噬房间里的电线，你可能完全不知道怎么从这一次激化过渡到下一次。没关系，你现在就可以想想情节怎么被激化，或者也可以在写作的过程中再定夺。

就我个人而言，写作的时候我习惯标记地界标的位置，也就是说，在我想到如何从一处过渡到下一处之前，我要停下来思考。

作者也不应该拘泥于自己之前绘制的情节地图。当你坐下来真正开始写作的时候你会发现，有时候将某些情节对换会比较好，或者你会想到更好的情节。这都无妨，只要记住设计激化的冲突是为了描写（或者加强）主人公的心结，你写出的情节就没有问题。

我希望你能认识到以上准备工作的重要性。现在你已经为小说准备好了核心部分，相信我，接下来将这些事件串联成一个紧密相连的进程也是非常有意思的。在写这部分的时候，你要想着，中间部分一定会是引人入胜的满意之作，在中间部分所做的一切都是为了阐明主人公的心路历程。

从某种意义上说，你的情节部分才刚刚开始，但从另一个层面我们也可以说，你的情节几乎已经完成了。最艰巨的任务已经完成了。

在第一幕中，作者只需做好必要的铺垫，为第二幕做好准备。第三幕是对第二幕中诸多冲突的合理解决。

你的小说情节设计已经完成了绝大部分，我希望这对你来说是一个不费力气的过程。

本书接下来将介绍第一幕的引入。

# 16

## 第一幕：引入

号角吹出的声音有一种我从未听到过的清脆凄凉。这声音里有一种纯净，一种世间万物所没有的冰冷严厉的纯净。号角吹响了一次，吹响了两次。当号角声第二次传来的时候，即便在睡梦中的人也会醒来，然后望向声音传来的东方。

我也向东望去。

这一望令我头晕目眩。眼前所见似乎是在这死气沉沉的日子里升起的一轮明亮的太阳。阳光斜洒在牧草上，明亮耀眼，然后这束光挪动了，我才看清那只是阳光射到镜子一样光滑的盾牌上反射的光。但那持盾牌的人却是我从未见过的，他高坐在骏马之上，看上去高大魁梧，身边是一群和他一模一样的人。他们是一群奇特之人，身披羽毛，披盔戴甲。只有在神明的梦里才会出现的人来到了杀气腾腾的战场。一面旗帜飘扬在他们头顶的上方，它将成为世间我最钟爱的旗帜——画着一头熊的旗帜。

号角第三次响起，我突然意识到我还会活下去，我为此喜极而泣。所有的长矛手也都边哭边喊。大地开始震颤，远处神一样的人们骑着战马来救我们了。

终于，亚瑟王来救我们了。

——伯纳德·康维尔：《冬之王》

如果我教的还不错的话，第一幕至此几乎已经完成了。在讨论序幕的部分，你已经确定了你的书要怎样开头；你也确定了主角如何首次亮相；甚至你已经写好了引入场景，这个场景稍做改善就可以用作第一幕；你已经想好了故事开头主人公的心结是以何种方式影响她的；你也想好了引入反面角色和定时炸弹的方式；你已经确定了场景、年代、题材；你知道第二幕的组成，因此你就知道第一幕该如何发展；你甚至对诱发事件也已经了如指掌。

**即便你还只字未写，在你的脑海里，第一幕也已经有了雏形**。如同希拉里·曼特尔的作品《狼厅》中凯特所言，“这就是从后往前这一方法的价值所在。”

还有哪些因素没考虑到？还有哪些新内容要学习？基本上只要将上面第一段的具体内容写出来就形成了第一幕。

## 第一幕是什么？

第一幕是铺垫，在这一部分作者不但要介绍故事主人公和其他主要人物，还要交代清楚情境、题材、年代、背景、反面角色、定时炸弹、危险、主题等等。

第一幕的任务就是要给读者做好欣赏第二部分的准备，就是这么简单（也可以说就是这么复杂）。

想让读者关心处于险境中的主人公，那就给读者做个介绍，告诉读者为什么要力挺她；想让读者关心主人公住处周遭爆发的一场传染病，那就最好在第一幕中向读者展示疾病正在发生，正慢慢接近主人公。铺垫，铺垫，还是铺垫。

作者最好明确第一幕与第二幕之间的界限，这样第一幕的收尾就明确了。**当所有的故事人物都已经出场，故事中的挑战已经构造完毕，故事主人公已经完全介入故事的挑战，第一幕就完成了**。

以《星球大战》为例，我们来分析一下。其第二幕是关于死星的部分，死星之前的部分就是第一幕，套用上面提到的定义，就是当所有的故事人物都已经出场，并且故事主人公已经完全介入故事主体。《星球大战》最后出场的人物是汉·索罗和楚巴卡，因而第一幕至此结束。故事中第一幕的结束很容易辨认，因为与此同时“千年隼号”离开了沙漠行星塔图因（天行者家族的故乡行星）进入超空间探险。

所有的主要人物都已出场，故事的最大危险也已经交代清楚，故事主人公已经介入故事主体。“这里的一切都已经与我无关。我想学习使用原力，成为像我父亲一样的绝地武士。”此时背景音乐响起。

第二幕由此开始了。

在《指环王》中，第二幕是在埃尔隆德林谷会议之后开始的。故事主要人物都已经出场，困境之中的主要危险也已经交代清楚，佛罗多已经接受了使命，将要把魔戒送至末日火山，而这项使命也正是三幕式结构的主体部分。

在我的第一部小说《虚拟根除》中，故事主人公过着正常人的生活，他是电脑程序员，但是后来卷入了美国联邦调查局追捕网络连环杀手的案件中。故事第二幕写主人公和杀手之间的对决，但在第一幕中要做好铺垫使第二幕中的对决成为可能。事实上，从页数上来讲，第一幕的铺垫几乎占到了整部作品的一半。

第一幕结束的场景是故事主人公回到家发现房子着火，消防人员在灭火，急救人员在对伤者进行抢救。他冲到楼上儿子的房间，发现杀人犯正要将孩子杀害。联邦调查局的警官紧跟上楼，之前这名警官一直在试图说服故事主人公正式加入联邦调查局，帮助他们追捕杀人犯，但是遭到了故事主人公的拒绝。但在这一幕中，男主角从一位消防员的手里夺过一把斧头，猛地剁向烟雾警报器，对这位警官说：“只要你们完全配合我，我就保证帮你们抓到犯人。”

至此，主要人物都出现了，局势和危险也都交代了，主人公也参与到了故事主体部分，第一幕可以收尾了。

小说中有时是人物主动参与到故事当中，就像我上面所举的例子，但有时是故事使人物卷入其中。如电影《异形》中，当故事主要人物都亮相，危险引入，异形从凯恩的胸膛中出来，爬向黑暗的飞船深处，第一幕就结束了。无论飞行员愿不愿意，接下来他们都要和异形决战到底了。在这个故事里，是故事使人物卷入其中。

## 你的第一幕

让我们再回到你的故事中来吧！你已经知道故事第二幕的内容了，所以第一幕中你的主要任务就是做好铺垫，满足第二幕情节发展的需要。

单独思考一下这个问题。情节地图中，第二幕发生的首起事件可能也是第一幕中发生的事情，就是诱发事件。我们往后退到诱发事件，通过设计什么事件来让读者感觉到并透彻理解诱发事件所带来的冲击。

在《星球大战》中，诱发事件是 R2 - D2 和 C - 3P0 两个二手机械人进入了卢克·天行者的生活（卢克叔叔从路过农庄的加瓦商人手中购买了一对二手机械人。这两个机械人——R2 - D2 和 C - 3P0——原是属于反抗势力，是从帝国的追捕中逃跑出来的。两个机械人把卢克带入一场冒险，使得他和欧比旺·肯诺比见面了（欧比旺·肯诺比是位沙漠隐士、战争英雄）），但我们不能直接从这里开始写。在此之前，故事要先说明这两个机械人原本属于反抗势力，R2 - D2 携带了重要的情报，公主被逮捕了，在机械人被毁灭之后一个邪恶的银河帝国将要建立。而且在所有这些征兆引导卢克开始冒险之前，即便只是为了了解一下卢克原先的乡村生活，我们也有必要先见见主人公。

你的故事呢？在诱发事件发挥作用之前要发生点什么呢？将你最容易想到的事件记下来。

比如诱发事件是一群现代的海盗袭击了一艘游轮，为了得到赎金海盗劫持了 75 名乘客和船员做人质。你的小说可以开门见山，一上来就写海盗袭击游轮，但是这样一来小说就没有了情境，读者对你的小说也失去了兴趣。读者甚至不知道这些海盗到底是坏人还是罗宾汉式劫富济贫的好汉。在第一幕中做好了铺垫，接下来的部分就容易得多了。

在第一幕中，作者需要先交代人们是在一艘远洋游轮上，向读者说明这艘游轮年代久远、即将退役，故事主人公是游轮上的助理。如果顺便讲讲她爱她的工作但也渴望过正常人的生活，那就更有意思了。作者还需要交代一场风暴即将来临，海盗们正在计划袭击游轮，等等。如此一来，我们就做好准备接着看第二幕中的海盗袭击了。

你的小说中第一幕应该包括哪些内容呢？

第一幕中诱发事件的发生和第二幕中的事态扩大之间存在一个间隔，注意一下这个间隔，二者之间应该如何过渡？这次还是一样，将你最先想到的过渡方式记下来。笔记实际上就是一个故事大纲。

如果将第一幕中必须发生的以催生诱发事件的情节比喻为一张购物清单，将第一幕中需要囊括的各种因素如序幕、主角引入等视为洗衣清单，作者接下来的任务就是要将这两张清单合在一起，也就是说，将以上两个部分合并组成第一幕。

希望列出清单没耽误你太多时间。我的写作就像是任务完成后将一个个任务从清单中划掉的过程，比如在任务清单中列出以下项目："说明他是个左撇子"、"对话里要加进关于她前男友的内容"、"表现出他急需用钱"。但要记住，这是一张为写作艺术服务的清单，每项任务都是用来设计情节、表现故事主人公心路历程的工具。

有了这张清单，作者就要发挥创造力，设法将所有的因素都写进来，与此同时还要做到吸引读者，推进主角的心路历程发展，作者若能从中获得乐趣就更好了。

以上所述即是第一幕，作者的任务就是将点连成线。

## 规划第一幕

当我们在创作第二幕的时候，第一幕的蓝图也已经规划完毕。第一幕和第三幕的地图实际上比第二幕的地图容易得多，因为第一幕是为第二幕做准备，第三幕是给第二幕一个交代。

第一幕中涵盖的因素包括：

- 序幕（如果你需要的话）。在序幕中引入反面角色、定时炸弹和/或故事中的主要危险。
- 设计主要人物出场的场景（所采用的方式需要能表现出主要人物的本质特征，并且展示出他为什么值得读者喜欢和同情，对他的追求有所交代，对他的心结进行暗示，说明初始状态）。
- 设计场景或者连续事件，表现故事入侵之前主角的生活。
- 引入故事中的主要危险或者挑战（如果在序幕的部分已经交代，那么可以另写一个场景，在这一场景中，主人公了解了危险或者遇到了挑战）。
- 引入题材（保证读者不会将你的梦幻作品当成现代爱情故事，作者可以加入一些可辨识的元素使题材易于辨认，比如在梦幻作品中加入精灵等人物元素）。
- 引入年代、情境和背景（读者需要了解故事发生的地点、年代以及背景）。
- 展露故事核心，也就是故事最有意思的部分。
- 展现出故事主题，体现出故事要传达的信息，无论通过多么微妙的方式来传达。
- 引入反面角色和定时炸弹，如果之前的部分还没有完成这项任务的话（即便序幕部分已经提到，在第一幕中也要对其进行一次甚至多次的更新和升级）。
- 诱发事件（主要危险入侵主人公的生活，也就是让他经历波折然后发生转变的事情）。

- 主要角色全部引入（在第一幕之后不要再引入新的主要角色，没有读者希望看到大救星或者大坏蛋居然是最晚出场的某某人，主要角色要在第一幕中介绍完毕）。
- 主要角色对诱发事件的反应（为了回到之前的失常状态，他不断努力，希望尽快逃出令他愤怒的入侵）。
- 设计一起对主人公产生刺激的事件，使他完全参与到故事中主要的挑战事件。
- 其他，即为启动第二幕作者要做的其他准备。

真是一张巨幅清单！另外，既然没有人知道“巨幅清单”这种说法的起源，那我不妨杜撰一个。这应该是一个源于餐馆的词语，指的是一张复杂的点餐单。餐馆的厨子平时见到的都是不怎么长的点餐单，但这次女服务员拿来的却是好几张点餐单。交给厨子之前，女服务员将这几张点餐单粘到一起，所以才有了这张巨幅清单。当女服务员将清单放到餐单传送轮，点餐单几乎够到了厨房窗户的底部。这就是我杜撰的“巨幅清单”一说的起源。

作者不要因为看到一张这么长的清单，觉得难以胜任就撂挑子。如果你之前写作的经历是为了创作出紧密的故事情节而努力拼凑，那么这张清单可以改变你用拼凑的方法搞创作的状况。因为你现在要做的只是将各种因素都写下来。一个萝卜一个坑，坑已经挖好了，萝卜也已经有了，现在要做的就是往坑里放萝卜了。

## 三项重任

依照我所下的定义，在主要人物全部引入完毕，主要危险或者挑战交代清楚，故事主人公完全介入（或者被介入）了这种危险或者挑战的时候，第一幕就结束了。

接下来，我们就一起看看第一幕中要完成的这三个任务。

## 引入主要人物

学习了第 8 章和第 13 章之后，你应该已经考虑过主要人物要如何登台亮相，包括故事主人公和反面人物。希望其他人物的引入方式也在你脑子里出现过。

你是否已经知道你故事里的主要人物是谁？很可能你还没有全都想好。没关系，因为我们之前也没有专门做这件事，那就现在想吧。

在学习第二幕内容的过程中，你应该也设想了几个主要人物。如果你设计的第二幕是故事主人公带领一队战士和对手率领的军队进行抗战，那么就已经产生了十到五十个主要及次要人物角色。你可能还没想过他们的性格特点，但是你至少知道他们需要在第一幕中就被引入。为了完整塑造主要故事人物的性格，他们将贯穿第一幕的全部或者大部分。其他次要角色就可以通过小篇幅内容塑造其性格。

如果你打算将新旧两种冲突具体化为人物或者群体，那么他们就构成了要引入第一幕中的其他角色。另外，如果你知道后面会提到故事人物的一个朋友或者是亲信、父母、快递员、酒馆妓女或者是机器人修理工，这些角色全都要在第一幕中引入。

回顾一下清单，思考要如何引入每个人物。有些角色需要长篇幅的介绍，有些角色的介绍就像在更衣室简单介绍一个团队那样一带而过。有些角色要享受《星球大战》中主要角色汉·索罗式的特殊引入，而其他人走一遍过场就可以了。作者要自己拿捏**分寸**。如果某个角色根本就是一个额外添加的人物，那么作者就完全没必要花费七页的篇幅来介绍他。

另一方面，针对某个你认为是额外角色的人物，你可能为他想出了七页精彩绝伦的介绍，或者你会碰上一个想把自己往大角儿演的角色。我并不是说故事人物会不顾作者意愿而亲自驾驭小说，但我相信有时候作者想到的情节或者人物是有他们存在的理由的，只是作者一时还未想到如何将其派上用场。

另外我认为，当作者真正了解了一个故事角色，就会发现有些事情他是不会去做的，因为你的直觉告诉你这样的人做不出那种事。

在第一幕中作者的一部分任务就是引入主要人物，小说的其他部分就是由这些人物（或者生物，依据你的题材而定）完成的。告诉读者故事人物是谁，让读者知道哪些人应该喜欢、哪些人不应该喜欢，做到这些你就已经完成了第一幕的大部分写作。

## 引入故事的主要危险或者挑战

你的小说里必须要有危险或者挑战，要不然就称不上是小说了。危险或者挑战不必非得是一群残暴的野蛮人（虽然威廉姆·高德曼的作品《公主新娘》中有言“被海盗杀死也是好的”——至少在小说里是这样的），它可以是组建一个团队、通过一次考试，或者到达某个地方的心愿。

我们所说的危险或者挑战，指的是对故事人物的追求造成阻碍或对其安全构成威胁的反作用力，通常是指反面角色依仗的更强大的幕后力量，但可以将其具体成一个反面角色。它可能是纳粹组织，可能是一个帝国，也可能是一群暴徒（也可能是联邦政府工作人员），也可以是与主人公对立的人或事物，比如一场疾病、等级制度或者公司团体。

回顾一下第二幕，你为故事主人公设计的内心激化的外在冲突来源是什么？

冲突中的刺激物或者危险将会出现在诱发事件中。但作者要在第一幕对其进行扩展，对刺激物或者危险进行整体强化，向读者说明它们的存在，并且之后为主人公制造尽可能多的麻烦，如果主人公袖手旁观就可能会被刺激物或者危险毁灭掉。

作为旁观者，读者了解到故事里存在一个邪恶的银河帝国，但我们真正在意它是因为它在故事当中杀害了自己喜欢的某个角色。在

《花木兰》中，设计了单于进攻到长城脚下这一情节很不错，但是在军队烧毁村庄、屠杀村民之前我们对其根本没在意。通过多普勒效应观察到龙卷风是一回事，但是亲眼目睹奶牛被龙卷风卷走却是另外一回事。

在我前面提到的《虚拟根除》中，主人公运用未来版因特网推论出一个杀人犯的存在，当他在网上遇到这个杀人犯的时候推论才变成了现实。我们的主人公认出了他，攻破了他的防线，甚至还赢了一小仗。之后杀人犯开始报复，事态升级。杀人犯知道有人在追踪自己，就开始采取措施解决这个麻烦。当杀人犯发现对付不了故事主人公时，就对主人公的儿子下手。

你认识到危险是怎么制造出来的了吗？危险从诱发事件开始，但对主人公来说，在诱发事件发生的时候，危险似乎还远在天边，不成气候。随着第一幕不断向前推进，越来越多的人物出现，危险随之不断升级，而且故事主人公也越来越近，越来越真实，直到危险的存在不可否认，由其导致的后果不可挽回。

以上就是你在第一幕中要完成的任务。你已经设计好第二幕中的紧张态势如何升级，对第一幕来说也一样。起初，挑战看起来没什么了不起，但之后越来越嚣张，也越来越清晰。挑战看起来是暂时的，但是在它变得清晰以后，故事主人公有机会仔细观察才发现面前的劲敌根本无意离开。在你的小说里这一部分要怎么写呢？在诱发事件和真正的对抗之间要如何设计使事态升级呢？

作者要注意将主人公和她所要克服的挑战设计成一个层级的。设置一个真正的障碍，让主人公深刻地认识到她要不惜一切代价来打败对手。

### 让故事主角介入故事的主要挑战

在第一幕的最后时刻，故事主人公决定：“好，开战吧！”他要破釜沉舟，直面挑战。他已经认识到自己面对的是一个强大的对手。

《大鼻子情圣》中，主人公大鼻子希哈诺对他的表妹罗克珊有爱慕之情，但是罗克珊却阴差阳错喜欢上了克里斯蒂安。在第二幕第十场，希哈诺遇到了表妹的爱人克里斯蒂安，和希哈诺比起来，克里斯蒂安有点笨，但是他很勇敢，而且英俊，即便希哈诺很不愿承认这第二点："果然长得帅，这个坏人！"故事中，希哈诺偶然想到了一个主意，并想方设法要实现，看一下书里的这部分，实现这个想法就是故事设计的最大挑战。

希哈诺：罗克珊……让我告诉你，叫你给她写信！

克里斯蒂安：啊？天啊！

希哈诺：咋了？

克里斯蒂安：我一打破缄默就完蛋了！我笨到可以把自己羞死！

希哈诺：不会吧！刚刚表现得挺好的！

克里斯蒂安：那不一样！在攻击别人的时候，要耍嘴皮子倒不难，肤浅的斗嘴的机智我倒是有一些！可是一到了女人面前，我就张不开口。唉，我从她们身边走过时，她们的眼睛能让我窒息……

希哈诺：然后你就不知道自己该说什么了？

克里斯蒂安：是呀！因为我是那种……不懂谈情说爱的人，我自己知道，而且害怕！

希哈诺：如果我和他一样帅，我应该是很会谈情说爱的！

克里斯蒂安：我多么希望我能用一大堆华丽优雅的语言表达我心里的意思！

希哈诺：我倒是希望我能长帅点儿！

希里斯蒂安：罗克姗是位才女，我一定会让她扫兴……

希哈诺：要是我的灵魂有这么一位代言人该多好！

克里斯蒂安：我所需要的只是口才！

希哈诺：（突然对克里斯蒂安说）我把口才借给你怎么样？你呢，把英俊迷人的相貌借给我！我们两人的合体，一定像小说里的男主人公一样光芒耀眼！

克里斯蒂安：什么意思？

希哈诺：你可以说我教给你的话！

接下来，好戏即将上演！

《机器人总动员》中，地球上的清扫型机械人瓦力爱上了女机械人伊娃，伊娃出了状况，瓦力就照顾她。后来当瓦力不在的时候，一艘飞船要将伊娃带走。瓦力会让伊娃就此离开，还是要继续和她在一起？瓦力追赶飞船，在飞船起飞的那一刻成功跃上飞船。现在瓦力已经参与进来，就要成就这个故事了。无论发生什么，他接下来的人生都会因为这个决定与他之前的人生截然不同，他参与到故事当中的决定就是一个分水岭。

在我的第五部小说《行动：火把——十字军》中，一支准军事部队前往苏丹营救一个小女孩，之前她所居住的村庄被袭击，小女孩在混乱中被掳走，之后被贩卖做奴隶。虽然交易进行得非常不愉快，但是部队通过交易成功地将她救了出来，但是在返回的路上他们目睹了周围的一切，了解了当地的情况，意识到还有成千上万的奴隶等着被营救，突袭者明天可能还会发动袭击，他们刚刚救出来的小女孩可能还会被贩卖做奴隶。

在这种情况下，他们要做出一个决定。部队意识到情形的严重和敌人的顽固。他们目睹了村民的无助，而他们恰巧在现场，一队受过高级训练并且装备精良的营救行动专家。这一队人马要怎么做呢？是离开还是留下来惩治坏人？你或许已经猜到他们的决定了。在那一刻，他们就已经完全参与到故事的主要挑战中来了。

卢克想学习原力；佛罗多决定护送魔戒至末日火山；电影《永不妥协》中，艾琳·布劳克维奇决定对抗 PG&E 公司；而在我的作品《虚拟根除》中，故事主人公向试图谋害他儿子的杀手开战。

或者是第一幕的结尾时故事使主人公完全卷入其中。在《异形》和《圣诞颂歌》中就是这样，只要是主人公原本打算袖手旁观却被逼无奈参与到抗争中，就都是这种类型。

你的小说在这一部分要如何设计呢？故事主要人物都已经出现，故事中的危险也已经发展到了不容忽视的地步。最后一步就是要逼主人公出手。要怎么实现呢？她不顾一切插手这件事情的情节要怎么设计才会精彩？

在有些故事中，第一幕的结束有一个明确的时间点。比如在《星球大战》中，当“千年隼号”进入超空间，第一幕就结束了。这就像是幕布落下告知观众另外一幕即将上演。

想一下你的故事，多想几种可能，让故事主人公介入到故事当中，告诉读者故事主角和故事即将迈出一步进入未知。

最后要说的是，不要介意第一幕所占的篇幅。作者可以用尽可能多的篇幅来做铺垫。即便是占用了半本书的篇幅，也不会有人介意。没有三幕必须各占 1/3 的规定。我的作品中，每部分所占篇幅大致如下：

- 第一幕：占全书将近 1/2；
- 第二幕：约占全书的 1/3；
- 第三幕：约占全书的 1/4。

你的小说中每一幕所占的篇幅可以参考我的，也可以由你自己来定。只要能将这一章中我讲的内容放进去就可以了。

## 胜利在望

到了这一步，作者就如同一支修建跨河大桥的建筑队。在河的一头已经构建了基础（所有的预备工作），在另一头也构建了基础（第二幕的内容），你现在要做的就是将两头对接到一起。之前准备的每一个元素都会成为连接**书**的开头和**故事**开头之间的支柱或者横梁。

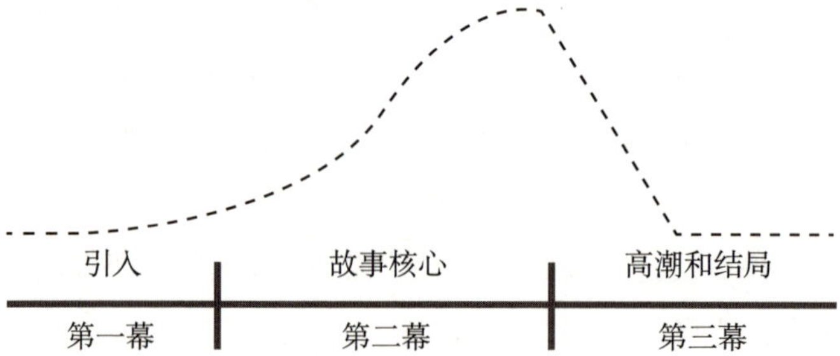


看一下你的第二幕，想想你写这一部分的乐趣所在，在这一部分之前又该发生什么事情？

电影《尼姆岛》中，故事最有意思的部分是中间部分，也就是第二幕。在这一部分，尼姆保卫她的岛屿，她的父亲努力把船修好回家，艾历克斯·罗弗努力克服她的恐惧症到达岛屿。但是我们要记住，如果没有第一幕的铺垫，第二幕是不会如此有趣的。在第一幕中，我们要了解尼姆和她的爸爸居住在这座无人知晓的岛屿上，我们要知道艾历克斯·罗弗是一个叶公好龙之人，她写的小说中充满了探险情节，但是她连自己去取邮件的胆量都没有；我们要了解尼姆的爸爸被暴风雨困住，尼姆自己留在了岛上；我们要看到艾历克斯和尼姆在第二幕之前就有了交集。所有这一切准备完毕，真正有意思的部分就开始了。

如果你为了设计令人满意的情节煞费苦心，我希望你现在看到自己已经装备齐全了。梳理出第二幕是全书的关键（而搞清楚主人公的心路历程的事态升级阶段是搞定第二幕的关键），第一幕只是铺垫和引入，这部分会带领你进入第二幕看到更多的精彩。

现在我们已经看见胜利的曙光了，你已经将三幕中的两幕设计完毕，但实际上，你与成功之间的距离比你想象的要大。有了第一幕和第二幕，第三幕就水到渠成。有了我们之前所做的一切，也就是到目前为止学习的本书内容，故事高潮部分已经是不可避免的了。如果第一幕是基于第二幕的准备自然而然写出来的，那么第三幕就如同是夺过了作者手中的键盘自行完成写作，作者在一边悠闲自得地喝着拿铁就可以了。

# 17

## 第三幕：高潮和结局

佛罗多说："山姆，在一切都要结束的时候，有你在，我很高兴。"

——J. R. R. 托尔金：《王者归来》

现在我们进行到了主要事件部分，之前的部分也许是小说的核心，但这一部分就是回报了。在这一部分你会看到庆祝胜利的焰火。

第一幕完全是为第二幕故事核心做铺垫，但是这个故事不可避免地需要一个结尾。主人公的心路历程即将经历关键时刻，而这也需要通过外在事件来反映。外在事件达到高潮，坏人最终被制止，意中人不能离开。故事的"否则"走向愈加明显，无论好坏都即将呈现。

也就是说，无论最后是生还是死，是输还是赢，故事都要有个结束。一部作品必须有结局部分，读者要看到谁死谁生，男孩是否得到了女孩的芳心，或者是勇者要得到奖赏，或者去医院探访病人，总之，尚未完成的事情都要结束了。作者在小说的最后要向读者展示主人公到最后成了什么样子。

啊，第三幕的荣耀时刻！

## 汇总高潮和结局中有待解决的问题

本书学习到这里，你一直在思考你的小说。实际上，你手里已经有了一本关于第三幕内容的小册子，跃跃欲试了吧！最终，你不仅设计了一个真实的故事主人公，还围绕她设计了令人难以置信的情节。

在我们即将到达终点，将要为胜利欢呼雀跃之前，让我们暂时停下来，好好思考一下。

你的小说情节要去向何处？还有什么未完成？故事主人公离关键时刻还有多远？你要为关键时刻设计什么样的场景？这个场景与故事主线中外部情节高潮的时刻临近还是同时？故事主人公在内心高潮和外部高潮之间要怎样过渡？定时炸弹的状况如何？情节的高潮为什么要发生在现在？是什么驱使它发生？反面人物在搞什么鬼？

在故事开头，小说题材、年代、反面角色以及其他因素为小说情节提供暗示，在故事最后也是一样，这些因素也会对情节发展有固定的要求。

我们马上就会讲到实战，但是现在请写下一段话，总结你在全书的关键时刻确定要做的事情。此处何事必须发生？这本书里你还想加进什么内容？如何利用最后一招击中故事主题？

稍后在对第三幕内容进行更详细介绍的时候，请再回过头来看一下刚才你所写的那段内容，以便及时查漏补缺。

现在，飞机就要着陆了。

## 第二幕和第三幕之间的界限

当为第三幕所做的一切准备完毕，第二幕就结束了。这听起来根本就不是答案，但接下来我将自圆其说。

有时当我在小说家研讨会上教授这部分内容的时候，我会先讲高潮部分，然后再倒退往回讲。我让小说家们思考在漫长的抗争到达顶点之时，他们想要些什么？对抗双方在城市上空打成一团？悲伤的恋人渴望重新在一起却又互相伤害？战斗的飞行员为使都城逃过一劫，孤注一掷舍身阻止轰炸机？我要说的是，在这些事情发生之前呢？

我们回顾一下之前的内容，发现为了最后的进攻，一切都已准备就绪，就只差最后的欢呼了。所有因素都安排妥当，故事主人公和反面角色都已经来到了冲突不可避免的一个点。这个点就是第二幕和第三幕的界线。

在本书中，我先讲了第二幕的内容，而不是先讲高潮部分，但你还是可以从这种讲解顺序中受益。回顾一下第二幕的情节设计，其中最后一个故事情节可能就是故事主人公克服挑战、回归从前的愿望遭受了重创，故事发展到这里，如果故事主人公再次被激化，他就要彻底消灭对手；如果挑战者或者反面角色再发起一轮进攻，故事就发展到了爆炸的地步。

爆炸会是什么样子呢？故事主人公和挑战者之间的终极对决会造成什么结果？故事主人公不达目的誓不罢休，抱着战死的决心打完最后一仗，反面力量也准备在最后一击中消灭主人公。如果你的小说中设置了定时炸弹，这时就要开始倒计时了。周遭一切都充满了杀气，故事主人公和敌人怒目相对，二人之间的恩怨即将了结。

如果你写的是爱情故事，故事里，全世界都认为曾经相爱的两个人无论如何也不可能复合。她所乘坐的飞机已经开始滑行，他要怎样做？或者她在婚礼上向新郎缓缓走来，他要怎么做呢？

设想一下你的故事，在是非了结的最后时刻，你想让你的故事如何呈现？就从这里开始倒推，要如何为最后时刻铺垫呢？好，他们要展开最后一搏。女主角要去往机场或者教堂，男主角一定离机场或者教堂很远。接下来，他就要将她挽回。

或者男主角要火速到达热核反应器应急开关所在的地方，如此一来他要先到达控制室，在这之前他要先进入设施，再之前他要先到达设施。

将故事进行倒推能够帮助作者理清最后情节的顺序。有些时候，作者甚至要回到第二幕中的最后一个情节。综上所述，第二幕完结、第三幕开始构建的地方就是两幕之间的界线。

让我们再研究一下之前所举的例子，《星球大战》。第二幕是发生在死星的部分，这是一个大概的分界。更准确的说法是，当“千年隼号”避开帝国巡洋舰进入超空间时，第一幕结束。此处，第一幕落幕，故事的核心才能开始。

第二幕更准确地说是以他们在超空间的故事情节为标志，他们到达奥德兰星球，追赶 TIE 星际战斗机（双离子引擎飞船），发现死星并被死星上的人拘捕。之后，他们进入死星，与风暴骑兵展开战斗，救出公主，返回飞船。实际上，他们离开死星，与哨兵船展开战斗的情节仍是第二幕的内容，他们进行了一场第二次世界大战式的漫长战斗，最终冲出超太空。第二幕的最后情节是他们发现了银河帝国在“猎鹰号”上安装了跟踪设备。

《星球大战》第三幕最重要的高潮是卢克的战壕追逐，他奉命将一颗质子鱼雷从一个极窄的舱口掷出，试图炸掉死星。由于搭配了恰当的混乱和紧张，这一幕非常令人振奋。但是在这个故事当中，故事情节不能直接从“千年隼号”逃出超空间直接跳跃到战壕追逐，中间要安排其他情节。

从这个意义上来说，第三幕就像是全书的缩略。作者要先写第一幕以做好铺垫，而不能从最精彩的第二幕开始写，同理，在第三幕也不能直接就写高潮，必须先交代其他的事情。

《星球大战》第三幕的开始情节是卢克和船员到达秘密叛军基地，开始分析死星的地图。然后是死星逐渐靠近，飞行员做了简单的作战指示，貌似前来执行自杀式袭击的小型战舰离开。所有这些情节都是为高潮部分做好铺垫。但即便有了这些情节，也仍然不能开始高潮部分。要开始战壕追逐的部分，观众首先要了解战斗的开始部分，在这一部分中有很多爆炸场面、英勇之举和伤亡。最后，当一切都铺垫完成，卢克的进攻上演了。

你的小说也是一样，你已经对故事结尾的高潮部分进行了大致思考。或许这并不是你最终会使用的情节，但思考练习有益于你的写作。如果你思考的情节就是你小说里的高潮部分，那在高潮发生之前要发生哪些事情呢？我指的不是之前部分的人物引入或者其他读者需要提前了解的内容，而是什么能够步步紧逼、迅速推进情节进入高潮。如何操控情节才能使所有人物就位，然后演出最后一场好戏？

当你找到了将情节直接推入高潮的第一步，也就发现了第二幕和第三幕的分界线。

你的书里这第一步是什么？把它写下来。

站在故事的下坡路段，你能感觉到向下的坡度吗？下坡！

## 高潮

第三幕由高潮和结局两部分组成，每一部分又都有其内在的组成部分，接下来我们就要展开详细的探讨。

一部小说的高潮实际上包括四个部分：

（1）高潮的助跑阶段（为保证所有事情就位而进行的最后操控）；

（2）主人公经历关键时刻（心路历程指向整个故事的发展方向）；

（3）高潮部分本身（此处主人公的行为直接影响故事结果）；

（4）高潮部分导致的即时结果（坏人已经灭亡，但屋顶却正在坍塌）。

很多时候，这四部分作为一个整体独立地发生在另一个场景中，也就是构成尾声的一个大的场景或者一系列场景，通常是之前未出现的一个场景。在这种情况下，第三幕很容易区分。

尽管战斗、恶魔和背叛者千方百计要阻止他们，佛罗多和山姆最终还是到达了末日火山，末日火山的毁灭是《指环王》三部曲中第三幕的高潮。

历经各种曲折之后，纳粹党羽要打开失落的约柜。他们在洞穴中遭受约柜诅咒的部分就是《夺宝奇兵》第三幕的高潮。

被偷走的情报辗转到了叛军基地，他们为捍卫银河系而发动了一场猛烈袭击。《星球大战》中，对死星的袭击部分就是第三幕的高潮。

木兰受到了羞辱，但是她必须保护皇帝，杀手就隐藏在庆祝胜利的游行队伍中。紫禁城中的情节是《花木兰》第三幕中的高潮部分。

苏菲和艾历克斯共同创作的歌曲却要由艾历克斯和考拉在一场满座的音乐会上演唱，苏菲难道不会对艾历克斯心怀不满吗？音乐会的部分就是《K 歌情人》第三幕的高潮。

在以上及其他故事当中，会为第三幕单独设计一个场景，就好像场景设计者专门为了最后的关键时刻构建了一个特殊的场所。我非常喜欢第二幕落幕时的感觉，这时舞台助手要将之前的布景换掉，准备精彩的新布景，然后，幕布升起，高潮即将上演。

但也没有规定说高潮部分一定要发生在其他不同的地方。如果是关于体育的故事，高潮部分发生的地点和故事绝大部分发生的地点一样，也是球场或者体育场。如果整个故事都是有关故事人物被困在电梯里的，那么高潮部分最可能发生的地点也是电梯。虽然只要做到将各种元素都包括进来就可以了，但是为什么不把高潮部分安排在一个更有意思的新场景里呢？

想一下你的故事，关于故事尾声发生的地点，你心里可能有谱也可能没谱。即便你已经想到了一个地方，多想一下其他的选择能够帮你发现更多的机会，或者能够帮你确认你是否为故事关键部分安排了一个合适的场所。

在你的小说里，你会为最后的对决设置什么样的情境？假如是一个惊悚题材的故事，写的是一个专门杀害孩子的杀手，那么最后的对决能否安排在操场上？假如是爱情故事，写的是互生爱慕的鸟类学家，故事结尾能否安排在世界上最大的鸟舍？假设写的是海盗的故事，那么故事高潮最好发生在远海；将争吵安排在当地的保龄球馆也无妨。为故事的高潮部分安排合适的场景能够使整本书更加对味儿。

我的第六本小说《行动：火把——解救》写的是声称并不存在的朝鲜集中营。高潮部分就是设定在朝鲜集中营，而不是将其设置在拉古娜海滩或者潜艇上。

在你的小说中，高潮部分安排在哪里最合适？

接下来，我们将分别研究高潮的四个组成部分。

## 高潮的助跑阶段

实际上，你已经知道什么是助跑了。从高潮部分往回倒推的部分就是助跑。我们上一次倒推是为了确定第二幕的结尾和第三幕的开始，但这对设计第三幕的开头也非常有帮助。

上文中我已经提到，第三幕是整部小说的缩影，它包含开头、中间和结局；或者是剧情上升、顶点和回落；重大事件发生之前的铺垫，重大事件发生，然后是最终的结果。

在你的小说中，如果第三幕发生在一个新的地方，助跑的开始就以主人公到达这个地方为标志。因此你要从第二幕中的最后事件过渡到第三幕发生的地方。在第二幕结尾处故事主人公就开始向第三幕发生地出发，他可能是去往发射塔，或者跑向马厩，或者是她手持利剑大步迈向敌人的巢穴。

如果故事中的第三幕不是在一个新的地点发生，作者仍然可以在情节中体现出故事主人公期待最终对抗的愿望。从顶端开始往下落的时刻就是第二幕的结束。

第三幕在一个设置合理的点开始了。男主人公到达了机场，女主人公到达了地下发射井，男主人公炸破围墙展开猛攻。

现在第三幕已经开始，作者在这部分的任务就是从这个起始点慢慢过渡到情节的顶点。

与之前一样，第三幕也是简单地将点连成线。比如，当女主角进入敌人老巢，她首先要四处勘察，她可能会碰到几个守卫，与守卫进行周旋，她往巢穴更深处走去。作者需要对她的所见所感进行大量描述。无论以何种方式，她都得遇上某些能够指引她到达目的地的人。胜利在望，她正一步步向成功靠近。但是，紧接着反面角色和他的党羽出现了。在她和反派头目较量之前，她要先把小鱼小虾解决掉。在这位反派头目即将完成劣行的紧要关头，故事主人公拔出手中的利剑刺向他。

而另外一个故事可以这样设计，故事主人公到达机场，匆忙跳下车。但他转念一想，意识到自己是违法泊车，由于角色人物的性格特征，他无法容忍自己违反国土安全部的相关规定，因此他又回到车里，将车开到可以停车的地方，停车证被放在了仪表上。与此同时，飞机舱门正在关闭，他穿越停车场跑到候机大厅。他扫了一眼大屏幕，看看她从哪个入口上的飞机，然后就离开了……诸如此类的情节，继续写下去直到高潮时刻。

你的小说里会发生什么？为给高潮部分铺垫，最后要进行哪些必要的调整？将答案写下来。

看到这部分是如何水到渠成的了吧！当你在关键问题上做出了决定，其他部分的内容就是用来服务、驱动这些关键决定的。

## 关键时刻

上文第 7 章已经讲了故事主人公经历的关键时刻，也就是其心路历程的顶峰，所以在这一部分我只简单讲一下。

现在作者的主要任务就是整合，将故事主人公经历的关键时刻和第三幕中的其他内容进行整合。

回到本书的第一部分，你的故事情节就是一则转瞬即逝的理论，现在它具备了形式和细节。回顾一下你在第 7 章记的笔记，当时你是如何设计的？当故事主人公终于彻底看清自己是如何被过去的生活毒害的，你计划如何呈现这一激动人心的时刻？你要如何将这一理想时刻植入到第三幕的情境中去？

作者应该注意，故事主人公心路历程的关键时刻应该发生在故事靠后的部分，但又要发生在外在高潮情节之前，这是因为她在真相大白的时刻会做出抉择，决定自己之后要做什么以及要走哪条路，她在此时的抉择会影响她在高潮部分的行为反应。

如果故事主人公一直都是个懦夫，那么当坏人要抢走他的财富、掳走他的心爱之人的时候，他就需要做决定了：如果他决定一直懦弱下去，他就要自保，被反派头目视为懦夫，失去心爱的人和财富……之后永远活在自怨自艾中；如果他的决定是突破自我不再胆小懦弱，那么他就要承受这个选择所带来的一系列后果。反面人物及其同伙会与他展开对抗，他可能会被打败，可能还是要失去心爱之人，但是他的选择会证明他是一个英雄。

故事主人公在关键时刻所做的决定与呈现出来的故事高潮紧密相关。这并不是说如果她做了“正确”的选择就一定会取得成功（虽然通常故事里都是这么写的），但是她在关键时刻的决定起到了暗示的作用，暗示她在故事情节推进至高潮时会如何反应。

为你的故事主角设计一下他的关键时刻，想想这一刻会如何影响小说的高潮。或许你已经决定了他是要接受新生活还是继续原来的生活，结合故事高潮想想这一刻的呈现会是什么效果。

当你考虑上面这个问题的时候，顺便想想如果他做出了另外一种选择会如何？你若决定将情节设计成他接受了新生活，那么接着考虑一下如果他选择的是原来的生活又会怎样。

在第三幕的高潮时刻，心路历程和外部情节二者之间的关联比和其他任何部分的关联都多。描写人物内心转变的“情节”和使内心转变成为可能的外部情节在此处产生交集。关键时刻决定了二者之间的关联，而高潮证明了她内心所做的决定。

关于耶稣最后几小时的故事是表现关键时刻与外在高潮关联最好的例子。无论你是否相信这个故事的真实性，这都是一个很棒的故事。

耶稣独自在客西马尼园祷告，他知道自己的临终时刻即将来临。他可以选择上十字架也可以选择不上，这是他的关键时刻。如果他上了十字架，就没有人能够理解他，这看起来像是被打败了，更坏的结果可能是将否定门徒对他的信任。他面临的是折磨、羞辱和残酷的处决。他原本可以避开这一切。他可以选择远走高飞，将自己隐形或者召集天使帮他脱逃，可是如果他避开这场劫难，要如何服从天父的旨意呢？

耶稣在客西马尼园做的选择决定了他面对之后发生的事情会如何反应。如果耶稣决定用自己的力量逃跑，那么当守卫来抓他的时候他早就已经逃跑了。或者耶稣也可以让抓他的人全部失明或者让大地将他们吞噬。然而，他已经决定“不要照我的意思，只要照你的意思”，以此来服从天父的旨意，所以他自愿被捕。当耶稣的门徒为保护他而进行抗争时，他斥责了他们，并把他们弄伤的一个守卫医好。在谴责者面前，耶稣保持沉默。

从被逮捕到被审讯，然后上十字架，再到复活，外部情节中耶稣所有的表现都取决于他在关键时刻，也就是心路历程的关键节点所做的决定。

你的小说也应该是这样，故事主人公在关键时刻所做的选择决定了他在高潮中的行为。

## 高潮时刻

终于到了高潮发生的时刻，整本小说就是为这一刻而写，此刻就是你叫停一切、上演些许疯狂的机会。

此时，故事主人公正经受绝望，甚至已经处在发疯的边缘。就如同一个压力锅要喷出热气一样，之前所有的构建都是为了这个目的。爆炸的时刻到了。

在此之前，你已经对这一部分进行了几次预想。在认真学完第三幕内容之后，你要对这部分进行改进吗？故事的外部高潮要如何呈现？让高潮情节更疯狂些。在故事能承受的范围内持续升温，直到你认为故事承受不了这种压力，然后再把火力提高三倍。

火山喷发、母亲分娩、炸弹倒计时、洪水上涨、行驶在车道上的汽车汽油耗完、火车驶来、原先的同盟反目，整部小说里，作者为了让故事主人公发生改变，持续不断地对他施加压力。现在更好的机会来了，大可以抓起两大把痛苦扔向故事主人公。真的很有意思！

在高潮处，主人公处境越是绝望，反弹的力量就越大，从而会变得更加英勇，这一部分也就更吸引读者。如果说，为了关键时刻这一刻而写的整本书是为了令故事主人公发生转变，那么这部分就是用来检验他的转变的。你可能会说："您很无私，要把所有技巧全部教授给我们，但您是认真的吗？"如果我回答是，你还会坚持你之前的创作信念吗？

或者也不必设计成用来检验的情节，而是安排一项在规定时间内看起来不可能完成的任务。异类步步紧逼，最后一战即将开始。正面角色都纷纷被打败，他们要生还的唯一一丝希望就是故事主人公能够打开气闸，把所有的异类都驱走。我们的主人公能做到吗？

将"否则"情节牢记于心，谨记各种风险。如果故事主人公不怎么怎么样，反面角色就会怎么怎么样。高潮时刻全部都是"否则"情节的上演。

如果你所写的是一个比较温和的故事，故事当中没有要摧毁世界的异类或者邪恶头目（但是我搞不明白为什么有些小说家不会在故事当中加进异类或者邪恶头目），你仍然可以加剧高潮部分的紧张感。

电影《一吻定江山》中，乔西站在投球区等着她的意中人出现。她向老板交差的文章伤害了她的意中人，但试图通过在报纸上发表一封致歉信来挽回她的准男友。她希望山姆能够原谅自己，所以在比赛开始之前出现在棒球场。一大群人陪着乔西，和她一起等待山姆的出现，但就是没有丝毫他要出现的迹象。如果山姆不来，乔西就会失去她最想得到的东西。但他偏偏就是不来——等等，那是谁？他终于出现了！

故事中紧张的气氛令人禁不住咬指甲，这不是靠异类、恶龙或者僵尸营造出来的气氛，但这部分等待山姆出现的情节确实很好地增强了紧张感，并为整个故事制造出极好的高潮。

你故事里的高潮是什么呢？

## 即时后果

在高潮之后紧接着发生了什么？我所指的不是故事人物坐下来畅享冰镇薄荷酒的落幕情节，而是在高潮发生之后的短暂时间里发生了什么，无论高潮本身发生的事情是好是坏。

大桥将继续塌落，两列火车仍然要碰撞，朗诵仍在进行，故事人物仍然被异类和僵尸围困。反派头目可能已经被击败，但是之前要倒向主角的那堵墙仍然在往下倒。

在高潮发生之后，要设计什么样的情节？

很多新手小说家认为只要反面角色倒下了，高潮场景就可以尽早结束了。但这是不对的，在这一部分，作者应该做到善始善终。也就是说，作者应当将故事主人公带离高潮中的危险。

比如可以写，在山洞倒塌的同时，男主人公抓起女主角的手跑出了山洞；男主人公上了一艘捕鱼船，去到安全的地方；在房子爆炸的时候，故事主人公躲到了一堵墙后面。

如果写的是比较温和的故事，可以是男孩最终打中了全垒打；故事中的女人把高音唱了上去；在很久之后，男人找回了他的爱犬。

将包含高潮的这一幕安排妥当，为之设计一个合理的结局。

你故事中的这部分要如何写？在故事主人公挽救大局（破坏大局）之后，会立即发生什么事情？把这个时刻计划出来。

当你完成这一部分，第三幕高潮部分就全部结束了。接下来的任务就是结束所有未了结的事情。

## 结局

结局部分描写的是万物平复的祥和场景，像是有功之人被奖赏或者有缘之人终成眷属时的欢庆。故事中的主要危险都已不复存在——很好，世界的自由之人消除了危险，现在我们要迎来理应享受的安宁时刻。

安排一个游行的队伍，开一场舞会或者派对，军乐队开始演奏，打开香槟酒。还记得《星球大战》里最后的勋章授予仪式吗？这就是我所指的结局。这是重拾欢乐的时刻，是相信今日所为会使明日充满希望的时刻。

读者需要这一幕，因为他们跟随你的故事情节兜兜转转，你应该赋予他们庆祝的欢乐时刻。

即使是一个悲惨的故事结局，作者也仍然要完成结局部分。要交代危机过后事情如何处理。长筒军靴踏过花园，绞刑架上许多犯人要被绞死，用可怕力量统治的黑暗舰队出航了。

无论结局是好是坏，读者理应看到一个结尾，这也是故事本身所需要的。

第三幕的高潮由四部分组成，结局部分也是由四部分组成。在这一部分，你必须完成以下任务：

（1）说明故事主人公的状况（完成心路历程之后的末尾状况）；

（2）说明高潮之后事情的总体安排；

（3）结束所有未了结的事情；

（4）对故事人物之后的情况进行暗示（如果作者决定写续集，需暗示危险仍然存在）。

## 说明故事主人公的最终状态

因为这一部分在第 11 章中已经讲过，我在这里只概述总结一下，而不做过多赘述。

故事主人公刚刚从火海中脱逃。在关键时刻，他做出了一个决定，这个决定不仅影响他在故事高潮部分的表现，而且让他从此之后改头换面。一种可能是他变成了一个崭新的自己，因为选择了正确的道路而内心充满希望和欢乐；另一种可能是他比最开始时的自己糟糕十倍。在故事结尾处，作者要表现的就是这两种情况，也就是主人公经历了心路历程后在生理和心理两方面的表现。

利用这个机会，打造一个与故事开头相呼应的场景或时刻。描写故事主人公最终状态的场景要与首次表现其心结的场景相呼应。

他现在怎么样了？有意识地想想他首次展现心结的场景，将其进行某种程度的改造，就可以给你的故事增添一种轮回和完满的感觉。呈现主人公最终状态时，可以将故事场景安排成与故事开头一样，或者令他面临与故事开头一样的选择，通过将结局部分的场景或选择设定成与之前一样的场景或选择，来体现他的改变。比如，故事末尾他路过了故事一开始时他路过的酒吧，但是这一次他没走进酒吧，或者这一次女主角停下来帮助无家可归的流浪汉。

吝啬鬼埃比尼泽·斯克鲁吉把小蒂姆揽入怀中，当起了小蒂姆的第二个爸爸。

安排一个场景，表现故事主人公在经历了高潮之后是什么状态。这是他走完心路历程之后理所当然的。如果说整部小说是关于主人公的心路历程，而心路历程的指向是关键时刻，那么最终状态这一部分是必要的成果展示。假设作者扮演的是一位迫切想得到答案的新闻记者，而故事主人公是被采访的对象，此时记者问道："哇，您一路走来可谓脱胎换骨，请问您感觉如何?"这时，故事主人公就要谈论他的感受了。

那么主人公到底感受如何呢？她发生了什么改变？在小说结尾处对此进行说明。当作者对此进行了说明，故事主体（主人公的心路历程）就结束了。剩下的就是打扫收拾的工作了。

## 展示目前所有事情的安排

高潮结束之后，对外部情节的变化进行说明也是很重要的。敌军是否已经被驱逐到河里？警察是否正在围捕最后一个反派人物？医院是不是又重新开放？鱼儿们是否回到了曾遭破坏的河湾？

叛军同盟是否保全了实力可以再多战斗一天？中土世界自由的人民是否正在推翻索伦或根除索伦专制的残留？这一对为爱痴狂的恋人是否最终走进了婚姻的殿堂（不是说索伦和萨鲁曼)？逃跑新娘这次是否还会逃婚？菲尔·康纳斯最终能否跨越土拨鼠日？

你的故事里发生了令读者难以置信的事情。事情的很大一部分是关于隐藏在主人公心里的故事。在最大的挑战（或者危险）过去之后，读者想要知道故事中所有发生过的事情最后结果如何。

你的故事呢？当一切尘埃落定，谁仍然屹立不倒？故事开头提到吉米投入了抗战，最后我们看见吉米的胳膊用绷带吊着，他还好好的。或者故事开头讲述苏西从掉落下来的乱石之中逃脱，但是现在她快乐地待在爸爸的怀抱里。

向读者说明故事里的世界现在是什么样子。

## 结束所有未了结的事情

谁受了伤，谁和谁订婚了，火蚁的威胁是否排除了，除了向读者交代上面这种关键的事情，作者还有其他事情需要交代。

在之前的故事里，汤姆想上大学，但只有拿到奖学金，这个愿望才能实现。之后故事发展得盘根错节，作者几乎忘了这件事情，但是在最后的部分，为什么不安排邮递员送来一封信，信里告知汤姆，他得到了理想大学的全额奖学金。

电影《通天神偷》中，在故事开始阶段，“潜行者”小组的成员各自谈论着挣来的钱要用来干什么，但后来故事没有往这方面发展。在故事结尾处，他们又有了表达愿望的机会，所以每个人都想得到在故事开头想要得到的东西。

在之前的故事部分寻找被讨论或者仅仅被提及的事情，尤其是故事人物对未来希望或者恐惧的事情。想办法给活到最后的人物一个交代。

读者锐利的双眼一定会发现作者前文提到但在结尾还未交代的事情。因为作者在书中提到的事情往往是读者在自己的生活里所期盼的，所以读者对作者设计的最终安排充满期待。作者如果不对这些事情进行了结，读者会非常沮丧。

## 对故事人物之后的情况进行暗示

稍微透露一下未来会发生的事情。对于一个失去丈夫的女人来说，她的孩子们会不会有经济上的保障接受高等教育？故事主人公是不是开始为白宫效力？利剑是不是被改铸成了犁头？

故事情节完结之后，事情会有什么不同？这部分是用来展示未来的，和高潮过后的即时后果不同。

如果作者打算写续集，就需要叫停胜利的庆祝场面，表明仍然存在潜伏着的危险。危险可能减小，却未被根除。他要去到某个地方休养生息，之后会卷土重来。下一次危险来临时，主人公将首当其冲，或者提供其他暗示。

黑武士的钛战机自我修复，然后远走高飞，但他还会再回来的。一个异类未被扫描到。读者在故事当中未能见到他们的最终状况。反派头目最大的心腹没有死，如今主人公已经了结了反派头目，他最大的心腹变成了头号人物，下次他会率一支军队进行报复。

这种暗示也不一定是危险的信号。作者如果想暗示前面还有更多未知的曲折，可以用电话铃声打断热闹的派对，电话里传来市长的声音“新的危机又出现了”。接下来又将有新的故事发生。

作者需要注意，这种令人吃惊的结尾安排有时会给人一种故事尚未了结的意味。如果写的是续集，这种意味正是作者需要的。因为作者需要让读者知道一场重大灾难之后另一场灾难又要降临。当然了，两场灾难之间，故事人物还是有点休息时间的。但如果不是续集，作者就不会想让小说有一种未完结的感觉，也不必让自己的读者感到不安。如果作者没有恰当的缘由来暗示更多的危险潜伏在暗处，我的建议是将小说果断结束，使故事结尾有一种完满果断的感觉。

## 你的小说已经策划完毕

你做到了，我的朋友。开始的时候，你面对的是白纸一张，对小说的构思也模糊不清，现在你画出了一张完整的情节地图。如果你一直以来努力为自己的故事构建结构，我希望你已经构建完毕。

我相信良药虽苦但并不难以下咽。为了让你易于接受，本书从人物开始讲起，这样你的小说就是以人物为主的。或者是情节人物两方面平衡，两方面平衡才是黄金法则。你可能会思考，为第一幕、第二幕以及第三幕绘制的情节地图是否消除了写作过程中的能动性，我向你保证没有。以上内容只是一个按部就班的简单过程，能够保证作者顺利完成写作的整个过程。这只是一个光秃秃的框架，还有很大的自由发挥的空间可以将你的作品填充得有血有肉。

我们接下来要做的就是为本书中未结束的部分做个了结。再有一章，我们就完成了。

# 第三部分 情节与人物

擅长设计情节的小说家倾向于将人物塑造视为鸡零狗碎般不上档次的事情，而擅长塑造人物的小说家经常对情节设计感到胆战心惊。每种类型的小说家都清楚另外一项也是必须要做的，其实他们也自知不能胜任，并为此忧心忡忡。

本书的目的就在于同时帮助这两类小说家。从书名中就可以看出，一边是情节，另一边是人物。当然了，两类小说家各自为政，鄙视对方，甚至视为仇敌。

实际上，这二者并不是对立的。就好比一个网球运动员，如果只擅长正手击球而反手击球的技术很弱，那么他只能停留在业余水平，对于小说创作来说也是一样的。作为一个小说家，你本能地知道自己是更擅长设计情节还是更擅长塑造人物。你想打磨你的强项，但是最需要被关注的其实是你的弱项。只有二者兼备了，你的文字游戏才能玩得随心所欲。

在本书最后一章，我们将一起来看看怎样做到情节和人物兼备。

# 18

## 情节与人物的整合

起初，平·克劳斯贝用他标志性的低音唱道：

你难道不为我弹一首简单的旋律吗
像我妈妈为我唱的那样
旋律里和声虽然过时却优美
请为我弹一首简单的旋律

这首歌本身很简单，像儿歌一样舒缓上口。但是这是一种吸引人的调子，变换的节奏让听者禁不住跟着摇摆起来。

然后，平·克劳斯贝的儿子加里·克劳斯贝接着唱。他用拉格泰姆钢琴爵士乐的风格演唱了一首欢快的歌曲：

音乐魔鬼，让你的宝贝甜美入梦
不为我谱一首拉格泰姆吗
不过是把老调子改成
甜蜜优美的长调子

如果你能弹奏出一首跌宕的调子

我会给你掌声
这只是因为
我想听一首拉格泰姆

现在换了一种乐器，小号成了架在歌词之间的桥梁。真正的乐趣开始了：父子二人重复唱着各自的歌词，但调子截然不同。

最初这种演唱方式好像不怎么奏效，或者根本就是个错误，因为其中一位歌手唱得比另一位早。但是后来奇迹发生了。听者突然意识到这两首歌构成了一部完整的旋律。一首节奏快，一首节奏慢，但却十分协调。在歌词唱完之前，缺少其中的任何一首都是不可想象的，歌词之间衔接得听起来也很美妙。

这是美国音乐史上第一首真正意义上使用对位唱法的歌曲，你能猜出是谁创作的吗？除了我们的老朋友欧文·伯林，别无他人。（去Youtube搜索“Bing and Gary Crosby—Play A Simple Melody”，你可以亲耳听听。）

这首歌的两部分都发挥了作用。如果将二者分开，每一首作品也都很不错，但当两首作品都已经产生，单独存在就不是最好了。将两首作品放到一起，每一首都能各司其职却同时与另一首协调配合，这就成就了一首特殊的作品，即被升华了的作品。

在以上我们共同探讨的过程中，你设计的小说也是如此。

在你创作之前，你的脑海里已经有了一种美妙的旋律。如果你只用这种旋律来创作，你的作品也还好，甚至称得上精工之作，但却少了伯林“一首简单的旋律”的魅力。简单来说，就是没有什么特点值得人们记住。

正是因为你追求与这首歌同样的升华，所以你选择了《情节与人物》这本书来学习对位法，掌握新的技能后，将之加入到你本已掌握的技能中。这样创作出来的作品将更为生动，会被更多的人所熟知。

在上文中，我讲述人物塑造和情节设计时，是将二者分开来讲的。但自始至终，二者都是要为对方服务的。

前面我们提到了几种人物心路历程和外在故事情节交织的方式，本章中我将详述二者是如何交织的。然后，我们以几个故事为例，研究其中的人物心路历程和情节发展是如何相辅相成的。另外，我还会提到一些特殊的情况。

## 情节和人物——美好友谊的开始

通过前文制作多张情节地图，我们俨然成了合格的制图师。下面有一张新的地图，通过这张地图我们可以从整体上了解故事主人公的心路历程如何与外部情节产生关联。

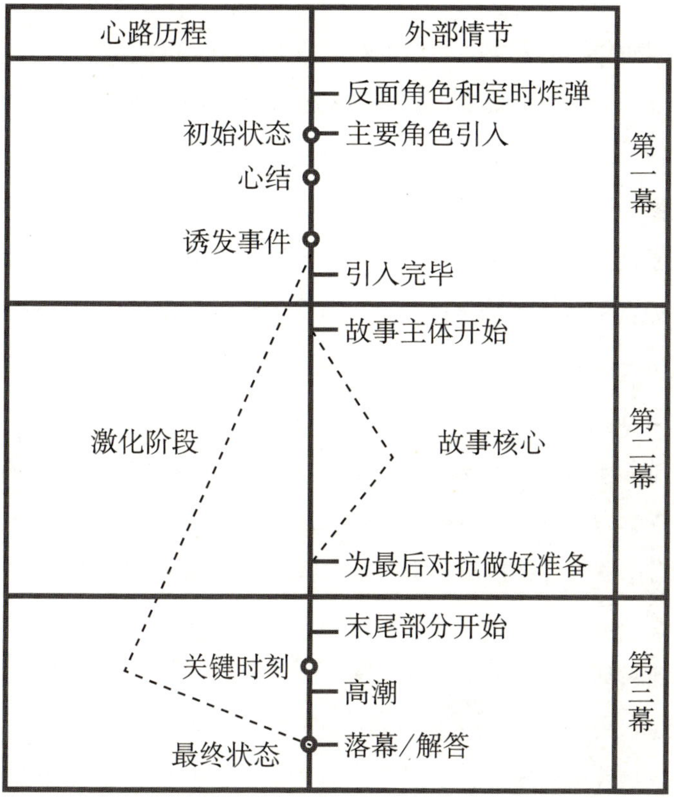

地图的左边是故事主人公的心路历程，右边是外部情节。

看见二者是如何联系的了吗？故事主人公首次出现，作者描写的是其初始状态，并对其心结予以暗示。从图中可以看出，初始状态的描写和心结暗示将图的两边联系起来。创建常态之后，就要通过诱发事件打破常态。第一幕和第二幕的界线就是故事主要人物被引入，故事主要挑战被交代，且故事主人公参与到故事的最大挑战中来。

但在第一幕结束之前，新旧人物（事物）都已经出现，故事主人公已经处在内心冲突激化的早期阶段。事态升级始于诱发事件，贯穿故事中间部分。故事中间部分大致等同于第二幕，也就是故事的核心。随着故事主人公回归异常状态的欲望越来越强烈，外部世界也愈加危险、愈加复杂。外在和内在的压力都在升级。每一次故事主人公尝试克服外在障碍（实际上是主人公内心敌人“新生活”的反攻），外在障碍都会卷土重来，而且不断升级。

最后，一切准备就绪，故事主人公和外在的挑战及冲突来源进入待战状态。第三幕将角色归位，开始上演高潮。故事主人公到达心路历程的断裂点。之前对抗外在障碍的一次次失败让她意识到走老路对自己有害而走新路对自己有益。在异常的安静中，她迎来了关键时刻。她要选择哪条路？这时，天使们都来到了天堂的门口来窥视她的选择。

她做出了选择。

做出选择之后，她就要直面最后的挑战。在应对最后的挑战中，她的所作所为完全取决于她之前在关键时刻所做的决定。

墙坍塌了，导弹射出去了，在主人公和反面人物对决的过程中巢穴被摧毁。一切（外在的情节）都在平衡中推进。这就是外在故事主线的高潮时刻。

最终，高潮结束，在危险时刻主人公及时脱逃。

然后是故事的解答、结局。谁活了下来？谁被提拔？最终谁被降服并得到了应有的报应？在关键时刻做出了那样的决定之后，主人公现在如何？他的最终状态如何？将需要结束的事情一一了结，暗示未来会是什么样子，或者说明还有更多的冤屈需要平反，然后“全剧终”。

这就是用一张图描述出来的你的作品。

## 非程式化作品

我之所以没在前面部分列出这个图，是因为我不想让学习者认为我是在传授一个固定程式。

这些套路可以用。到第 30 页的时候，你第一次觉得复杂，但是到了第 75 页，你又觉得简单了，等等。程式化小说中充斥着情节设定工具和传统角色，而且往往是一而再再而三地出现。爱情小说经常被认为是用固定套路写出来的作品。

加拿大禾林出版公司专门出版言情小说，其言情黄金定律就是塑造一个机智但是脆弱的女主人公，她往往因为各种原因需要被拯救（从坏人手里、不好的工作或者其他艰难困苦中）。开篇第一章介绍一个不善交际的男主人公，虽不擅长与人交际但是有一颗善良的心，而且往往受过很大的伤害，例如《实习医生格蕾》里的艾历克斯·卡莱夫或者是《迷失》中的詹姆斯·福特。小说接下来的部分讲述男主人公和女主人公之间如何发生冲突，后来如何互生爱慕结为伴侣，故事发展到这里，女主人公得到了拯救，男主人公也敞开了心扉。

也许本书的部分读者会认为，作者选择了某种题材就等同于写一部程式化小说。我要说的是题材之所以为题材，就是因为其中重复出现这类题材固有的设置及其他因素，但是即便有这些固定参数，仍然有变化的余地。通过对比吸血鬼题材的两部作品《暮光之城》和《吸血鬼诺斯费拉杜》，你会发现选定某种题材之后，作者确实仍有自由发挥的余地。

这本书并不是教给你一种程式化的写作方式，而是通过一系列的最优练习为你的写作奠定基础。在这个基础性的结构之上，你可以写任何你想写的故事，尝试任何你想写的题材，探索任何你喜欢的场景或者故事类型，并且可以任意设定一个你喜欢的故事结尾。如此开放式的结构一定算不上程式化。

这本书提供的实际上是一套建筑工具、一盒乐高积木。只要你不遗漏图中每个点应当包含的内容，你就可以写出一个引人入胜的故事，不但故事人物逼真，而且故事情节和人物个性非常匹配。

## 检阅实例中二者的协同

接下来我们以实例为研究对象，研究图两边的故事和人物是如何协作的。你会发现并不是每个故事都与这个模型完全匹配，这没有问题，对你的小说也一样。只要保证要素齐全，在写作的过程中就可以自由发挥。

需要注意的是在以下的总结中存在与图不一致的地方。如果你看过分析用的小说或者电影，可以跳过这部分内容。

检阅开始，音乐起！

### 《尼姆岛》

在故事充满想象力的开头，作者以儿童故事书的形式介绍了女主角尼姆。她的母亲已经去世，她和她的科学家父亲杰克一起生活在一个荒岛上。母亲的去世是令女孩痛苦悲伤的心结所在。通过了解艾历克斯·罗弗所写的英雄历险作品中的人物形象，艾历克斯·罗弗也以小说作者的身份出现了。之后，尼姆的爸爸出海遇险，期间尼姆和艾历克斯通过电子邮件的方式开始对话。

暴风雨来袭，尼姆和爸爸失去了联系。这件事情对尼姆和艾历克斯来说都是诱发事件。对尼姆来说，她知道自己形单影只所以就向艾历克斯求助，而对艾历克斯来说，是要继续被恐惧症拘在公寓里，还是要向她作品中的英雄人物学习，去世界的另一端帮助尼姆，她要在这两者之间做出抉择。

当艾历克斯勇敢地迈出大门，上了出租车（我必须要说她做这些事的时候可能很高兴）时，第一幕结束。现在艾历克斯已经完全介入了故事中的最大挑战，故事主要人物已经全部介绍完毕，故事的主要挑战也已经交代清楚。

第二幕描写的是尼姆、尼姆爸爸和艾历克斯三位故事主人公经历的磨难。尼姆要与孤独和恐惧对抗，当一艘游艇满载游客而来，他们自认为找到了一座无人岛屿，这时尼姆不得不捍卫他们的岛屿；尼姆的爸爸努力从暴风雨中活了下来，将船修好，回到小岛，回到女儿身边；艾历克斯面临着最大的磨难：克服所有的恐惧和神经衰弱，变成她所有故事中永恒不变的英雄人物。艾历克斯不想变得勇敢，她宁愿回到自己安全的住所，但是横在面前的这条新的道路，也就是拯救一个孩子的愿望，却不允许她袖手旁观。

最终，高潮部分的铺垫工作就绪。艾历克斯上了一艘游艇，但是无法到达小岛；被尼姆爸爸修好的发动机又损毁了；尼姆感到前所未有的孤独。事情的发展无非是两种结局：三人都成功克服挑战或者全都以失败告终。艾历克斯在游艇上听一个男孩说起确实见过一个小岛和岛上孤零零的小女孩。有这条信息就足够了，无论发生什么，她都要到达尼姆所在的小岛。至此，第二幕结束，第三幕开始。

第三幕描写艾历克斯逃脱船员的视线，在夜晚的风暴中，她只身划着偷来的救生艇前行，与第一幕中恐惧症患者的形象形成强烈对比。她穿过风暴和巨浪，最终远处的小岛出现在视野中。巨浪袭来，艾历克斯差点被淹死。这是故事的高潮部分。

在故事结尾，尼姆爸爸成功归来，父女二人团圆。他见到了艾历克斯，恰巧艾历克斯是一位有魅力、有智慧而且和他年龄相仿的未婚女性，并且艾历克斯和自己的女儿之间已经有了感情。艾历克斯将留下来和尼姆父女二人在一起，他们将组成一个新的家庭，这就是故事结尾处暗示的未来。

如果故事中没有危机发生，艾历克斯可能仍然深陷在自己的恐惧之中。虽然电影名字叫作《尼姆岛》，但是艾历克斯的转变才是故事的核心所在。

### 《行动：火把》

我的第四部小说是一个三部曲小说中的第一部。三部曲是关于一小队由私人提供赞助组建的前特种部队人员，他们深入世界上水深火热的地方，为救苦救难执行各种任务。

这部小说中的序幕部分很长。其中描写了男主角，一位海豹突击队的狙击手詹森，和部队的其他成员一起在印度尼西亚的某个地方巡逻。期间敌人发动了突然袭击，他最好的朋友受伤严重。

詹森的朋友腰部以下瘫痪，并将自己的伤势归咎于詹森。男主角詹森退出海军，之后在圣地亚哥湾从事为海船底部清除海藻的工作。他认为自己就如同海藻，现在的处境也是他罪有应得。他对战友的愧疚成了他的心结。

数月之后，有人为了组建一队前特种部队专家而接近詹森。这支队伍网罗以前在特种部队服役的专家，队员要执行隐蔽的任务——救赎受苦受难的人们。诱发事件是他收到了一封信，信中让他确认将要加入这支队伍。这件事情将他引入了一段曲折的道路，并迫使他在新旧道路之间做出选择，也就是选择屈服于自己的愧疚还是利用自己的技能为人道主义事业做出贡献。

詹森参加了面试，认识了其他团队成员（引入主要人物），但却拒绝加入。新的事物（组建这支队伍的富翁是其化身）却表现出了坚不可摧的意志力。詹森被邀请加入的情节不断激化，他拒绝加入的对抗也不断升级。要想不加入必须打伤无辜的人，当詹森看清这种形势，并且也意识到参与这种自杀式的任务可能会达成自己求死的心愿，他同意加入了。第一幕至此结束。

第二幕是关于詹森努力将队伍凝聚在一起。队伍成员之间内讧不断，而且詹森遇到了一个与他一同竞争队伍领导位子的对手。队伍中有女性成员，两性之间的冲突加剧。与此同时，哈萨克斯坦发生了革命，一处孤儿院面临危险。一位美国救援工作者被逮捕，该事件发生之后，有关方面向富翁发起救援请求，号召队伍开始行动。

在哈萨克斯坦，队伍发现存活下来的孩子被藏了起来。他们还了解到美国救援工作者在叛军的手里。各处都发生了战争，俄罗斯特种部队和常规部队正在围堵城市抗战区，时间一分一秒过去，他们必须尽快救出孩子们。

当部队人马找到了一辆能装下所有孩子的货车时，詹森来到了他的关键时刻。他可以先和其他成员一起将孩子救出，这样对谁都有利。他也可以选择带领队伍去救美国救援工作者，虽然这样会不利于任务的执行并对孩子们的安全构成威胁。另一个选择出现了：他可以向《第一滴血》里的兰博那样，孤身去救被困的美国救援工作者。他希望这项任务能够给他带来死亡。这就是他的选择。

你是否发现他其实做出了错误的选择？他还是选择了一心求死，也就是一种能够导致自我毁灭的方式。在故事主人公的关键时刻，也可以考虑让其选择黑暗的那条路。

其他故事情节我就不再详述，但是故事中詹森还经历了另外一个关键时刻。他最终选择了新的道路，在高潮的其余部分，詹森竭尽所能地解救孩子和自己的队员。

在故事的结局部分，詹森比以往任何时候都更能接受自己。他选择了适合自己的新生活。他答应留在队伍里，不再是为了寻求自我毁灭而留下，而是真的留在队伍中。詹森的未来看起来充满希望，一段情缘似乎也在向他招手。当然除此之外，等待他的还会有更多的冒险之旅。

## 《泰坦尼克号》

再加一个关于《泰坦尼克号》的实例分析。

故事主人公罗斯第一次出场时，已经被她的富翁未婚夫所控制。她的富有也是显而易见的。故事中显露的一些细微痕迹表明，未婚夫卡尔要将她彻底据为己有，但罗斯对此心存抵触。由此，我们马上推断出罗斯的心结：她被人控制，但是出于某种原因无法摆脱这种控制。

当然《泰坦尼克号》整部电影就是一颗定时炸弹。当她踏上这艘巨轮时，观众就知道这艘巨轮将驶向死亡。这是一种甜蜜的苦恼：对情节了如指掌让观众觉得欣喜，但是情节本身的悲剧性却又令人悲伤。随着电影不断推进，紧张感不断加剧，因为观众知道他们离冰山越来越近了。

当我们对罗斯的了解越来越多时，我们会发现她对自身处境的不满。她渴望财富带来的虚伪和傲慢之外的东西，但她有什么别的选择吗？这就是罗斯的心结。她被迫成为了一个不真实的自己。现在的生活要她继续虚伪地演下去，新生活却怂恿她抛下一切，做真实的自己。

对自己生活里这种不协调的认识令她非常矛盾，而且即将把她撕裂。她不去参加晚宴，而是到了甲板上。在甲板上，她遇见了将自己说服的杰克，这就是诱发事件。杰克正是罗斯想要成为的那种人：自由、无拘无束、富有艺术气息。他虽然是个穷小子，但过得很开心。

至此，第一幕结束。故事主要人物都已引入，观众了解到了主人公的最大挑战，故事还暗示了罗斯会对杰克·道森心生好感。

第二幕写的是罗斯虽然不该和杰克在一起，但她要和杰克在一起的愿望更加强烈。旧生活和新生活的冲突分别具体化为卡尔和杰克。卡尔更加努力，想要得到罗斯的心，为此他甚至愿意用珠宝取悦罗斯，送给她一颗名为“海洋之心”（刻意的命名）的美丽钻石。在第二幕中，杰克为了能和罗斯在一起也做出了种种努力。卡尔和杰克之间的对抗不断加剧。观众能够感觉到罗斯在欲望和责任之间摇摆不定。这是故事中一段美妙的心路历程。

在整个第二幕当中，罗斯经历了几次关键时刻。几乎每次她都选择了新生活，也就是和杰克跑掉去幽会。在同卡尔的对抗中，她变得愈来愈大胆，卡尔因此施加压力，甚至用暴力迫使罗斯屈服。

外部情节方面，定时炸弹终于爆炸了。巨轮撞到了冰山，当船开始下沉时，第二幕结束。

第三幕是泰坦尼克号下沉的整个过程。船开始下沉的时候，罗斯要在杰克和卡尔之间做出选择。卡尔能够花大把金钱给自己和罗斯买到救生艇的船票，而杰克却被困在了某层即将被淹没的甲板上。罗斯的关键时刻来了，即便要付出生命的代价，她也决定放弃现在的生活，选择新生活。

第三幕中的剩余部分完全是做出决定之后的动作部分。罗斯此处所为（解救杰克，和杰克一起逃离沉船）完全取决于关键时刻的决定。如果罗斯做出了另外一种选择，她将会和卡尔一起乘救生艇逃离，即便内心无比痛苦、无比愧疚却能活下来。卡尔失控之后企图杀死杰克和罗斯，接着还有很多奸诈的情节上演。

在结局部分，多年之后年老的罗斯向众多聆听者讲述泰坦尼克号上发生的故事。她将多年来一直保存的海洋之心扔进了海里。她的心仍然在大海之中，与杰克同在。

## 综合分析

通过以上实例分析，你会发现没有一个例子完全符合本书中提到的模板。有些故事将关键时刻前置，在有些故事中关键时刻发生了不止一次；有些故事中设置了定时炸弹，而有些故事中没有；有些故事有序幕，而有些故事没有。但所有这些故事都和我列出的基本结构相符。

对作者来说，以上所列种种不符是一种解放，因此你也得到了改变故事结构的许可。每个故事中主要部分都必不可少，对你的故事来说也一样，但是作者完全有自由去改变某些故事元素出现的顺序。

既然你已经理解了小说的整体结构，我想你可能已经在书中或者电影里认出了这种结构，或者你能够在看过之后对其进行思考分析。你会说："噢，这是新生活在向他招手！"或者是"嗨，等一下，在破坏常态之前还没有构建常态，我还没开始对哪个人物感兴趣呢！"

现在你的作品要被带到一个对文学和娱乐都很较真的世界。请小心，请一定要小心。

## 心路历程和续集长篇小说

接下来我们讨论一下例外和特殊情况。

如果作者要写一本没有续集的小说，那么为故事人物构建一段完满的心路历程非常适宜，但如果作者打算写续集呢？在第二部当中，故事主人公是不是要假装没有经历第一部中的心路历程，然后重蹈覆辙？需要为主人公重设一个心结吗？还是人物形象被固定，要继续上演英勇行为？

作者可以通过多种方式来解决这个问题。其中一种就是在第二部中描写另一个故事人物的心路历程。在我的《行动：火把》系列中，第一部写的是詹森的心路历程，第二部是关于蕾切尔的心路历程，第三部是克里斯的心路历程。我的这个系列将来可能会写出第六部甚至第八部续集。因为在这个故事里，我设定了六位小组成员和两个无须执行任务的重要角色。每一个人的心路历程都可以写成一本书。

另一种方式是让主人公经历一段更长的曲折历程。如果作者已经知道故事主人公的转变将是漫长的过程，那就可以在第一部中将其塑造成虔诚的圣徒，在第五部中写成一个杀手，每一部续集就是心路历程当中的一段。上文中我们也了解到一个故事中如何设置多个关键时刻，多个关键时刻也可以分布在整个系列当中，而同时每一部都体现出他在实现转变的过程中所取得的成就。

《星球大战》系列就是一个非常好的例子，通过讲述多个外部故事情节来展示安纳金·天行者/黑暗骑士漫长的心路历程。

另一种方法就是完全避开心路历程，或者是只在第一部作品中描写心路历程。故事人物应对内心斗争当然是好的，但是有些人物面对的只是外在的挑战，比如印第安纳·琼斯和詹姆斯·邦德。在每一部续集中，他们的内心都是大同小异。虽然本书建议为你的故事主角设定心路历程，但是围绕一位与众不同的英雄展开故事情节是另外一种选择。不过在此类例子中，可以为主人公之外的其他人物设定心路历程。

## 以情节替代人物开头

这一部分我留到最后讲。当作者完全从头开始创作一部小说时，可以按照本书的建议来写。但作者并不总能享受到从头创作的奢侈。有时，作者首先要处理原封不动的情节，或者因其他方式被限制，作者不能按照我所讲的框架开始创作。

比如，我曾经接到一个重写作品的任务。一位名人写了一部小说，出版方知道这部作品有问题，但是为了维持与作者的关系又不得不出版。他们想让我尽可能挽救这部作品，最好还能对原作有所提升。

在这种情况下，我不能自由地按照自己喜欢的方式进行创作。主要情节已经确定，必须要将其保留。这就如同有人交给我改造一栋房子的任务，里面的墙可以随便拆，但是外部结构不能发生改变。与完全从头开始写一本小说相比，这是一个艰难的挑战。

读完这部小说之后，我做的第一件事就是改造主人公的心路历程。我的任务就是一边要为主人公构造一段有意义的心路历程，另一边还得保证改变之后的心路历程仍然能与原来的故事情节匹配。这不是理想的写作经历，但是非常值得一试。

你可能也遇到过这种情况。你已经有了极好的故事情节，而小说也不能脱离这个故事情节。或者你所写的是实际发生的事情，所以不能随意改编。更可能的情况是你写完了一部小说，现在却发现故事主人公根本就没有经历什么心路历程。

不用担心，你可以对你的小说进行内部改造，也就是在保留你喜欢的故事情节的同时，为主人公增加一段美妙的心路历程。只不过，这样做起来更难一些。

首先要将情节中必不可少的元素罗列出来。保留这些元素是毋庸置疑的，因为作者无论如何还是要在某些固定的参数范围内创作的。可能你发现了故事中的某些部分可以被改写或者替代，这些就是你能够自由发挥的部分。

结合罗列出的必不可少的情节元素，思考一下在这种情境中故事主人公能够经历怎样的心路历程。在你所设定的高潮情节中，什么事情会导致他的这种反应？如果他选择了另外一条路，高潮部分又将如何？

从这里开始往前推。

在讨论心路历程的部分，我先讲到的是主人公经历的关键时刻。这个时刻能够帮到你。现在你可以有条理地检查你的整部作品了。从关键时刻开始，然后想到心结、初始状态、激化阶段和最终状态。对主人公的核心性格和其他主要特质要研究透彻，保证描摹出的人物真实可信。

这种情况下，大部分的写作是由后往前进行的，但是你仍然做到了。当你在处理这种不寻常的情况时，本书可以提供参考，故事写到哪一部分就将本书翻到与之相对应的部分。

我故意将这部分留到最后来讲，是因为在让作者补漏之前，先要让作者了解整部小说的布局和系统。现在你已经了解了整个结构，就可以针对某一部分进行认真的学习。

# 结论

你更适合写人物还是更适合写情节？至此，你应该对这个问题的答案一清二楚了。

无论是认识到自己只擅长其一，还是意识到另一项的掌握也有益于自己的写作，这两种认知对认清自我来说都大有裨益。当你了解了自己的强项，并且愿意承认自己的弱项然后加以改进时，你已经超越了他人。要在自己天生不擅长的领域有所提高确实是要付出努力的。

我曾经教授过一门认知训练系统的课程，这门课程像训练肌肉那样训练大脑。参加培训的儿童和成人或是为了阅读，或是为了集中精力，或是为了掌握快速处理的技巧，我们通过一套严格的训练帮助他们达成了目标。对部分十多岁的孩子而言，开始接受训练的时候确实很煎熬。但是当他们第一次看到自己的进步，比如他们在其他同学之前想出了问题的答案，或者是他们能在规定的时间里完成以前完不成的作业，之后就一发而不可收，我必须得调整自己的反应才能跟得上他们。

我想对你来说也是一样。你翻开这本书就意味着你想打磨自己的技艺。你能这么做就已经走在了别人的前面。《情节与人物》这本书可能将你带到了一个新的境地。好极了，这本书的职责就在于此。

当你第一次在自己的小说中看到自己的进步，你会为自己的进步着迷。你会意识到你，没错，就是你，居然创造出了一个十分有趣的生动的人物形象。对你来说这可能是写作生涯中的第一次突破。你会发现**你**已经将你挚爱的人物形象嵌入了一个故事里，这部小说对青少年读者充满吸引力，以至于为了看这样一部小说而通宵不眠。这真是一个偌大的惊喜！

这个世界会因为你的进步而对你刮目相看，你的小说会像欧文·伯林的那首名作一样，“光彩照人”。

当情节和人物二者在你的作品里琴瑟和鸣，那会是一番多么精彩绝伦的表演，我已经等不及要看了！

# 致谢

写作这本书我收获了极大的乐趣，因为有时候我需要查询资料、例子，而我更大的乐趣是给我的朋友们打电话，他们大部分是小说家，为我提供了不少帮助。

所以在此要感谢 Lyn Cote，Jill Williamson，Trish Perry，Nancy Mehl，Jenny B. Jones，Kathy Fuller，Susan Davis，Sharon Hinck，Robin Lee Hatcher，Sharon Dunn，Sherrie Lord，Stephanie Grace Whitson，Deborah Raney，Susan Davis，Gayle Roper，Austin Boyd，Angela Hunt 以及 Rick Marx（一个喜欢科幻小说的小说家）。

感谢 Kelly Nickell 和 Jane Friedman 对我的写作想法感兴趣，并让我得到出版的机会。

感谢 Scott Francis 出色的编辑工作，他能理解我的幽默，同时也能让我悬崖勒马。

感谢 Jessica Boonstra 精妙、漂亮的封面设计。怎样去描述把情节与人物融为一体的理想？我很高兴把这个难题丢给了你，而且你成功解决了。

感谢 James Scott Bell 为我的书美言，帮助处理文中摘要、隐喻等其他问题。感谢你的友谊。

感谢 Dianne E. Butts 发给我链接，才有这一切的一切。

# 创意写作书系

这是一套广受读者喜爱的写作丛书，系统引进国外创意写作成果，推动本土化发展。它为读者提供了一把通往作家之路的钥匙，帮助读者克服写作障碍，学习写作技巧，规划写作生涯。从开始写，到写得更好，都可以使用这套书。

| 综合写作 | | |
|---|---|---|
| 书名 | 作者 | 出版日期 |
| **成为作家** | 多萝西娅·布兰德 | 2011 年 1 月 |
| **一年通往作家路——提高写作技巧的 12 堂课** | 苏珊·M. 蒂贝尔吉安 | 2013 年 5 月 |
| 创意写作大师课 | 于尔根·沃尔夫 | 2013 年 6 月 |
| 作家创意手册 | 杰克·赫弗伦 | 2015 年 1 月 |
| 与逝者协商——布克奖得主玛格丽特·阿特伍德谈写作 | 玛格丽特·阿特伍德 | 2019 年 10 月 |
| 心灵旷野——活出作家人生 | 纳塔莉·戈德堡 | 2018 年 2 月 |
| 诗性的寻找——文学作品的创作与欣赏 | 刁克利 | 2013 年 10 月 |
| 写好前五页——出版人眼中的好作品 | 诺亚·卢克曼 | 2013 年 1 月 |
| 写好前五十页 | 杰夫·格尔克 | 2015 年 1 月 |
| 从创意到畅销书——修改与自我编辑 | 詹姆斯·斯科特·贝尔 | 2016 年 1 月 |
| 来稿恕难录用——为什么你总是被退稿 | 杰西卡·佩奇·莫雷尔 | 2018 年 1 月 |
| 虚构写作 | | |
| **小说写作教程——虚构文学速成全攻略** | 杰里·克里弗 | 2011 年 1 月 |
| **开始写吧！——虚构文学创作** | 雪莉·艾利斯 | 2011 年 1 月 |
| **冲突与悬念——小说创作的要素** | 詹姆斯·斯科特·贝尔 | 2014 年 6 月 |
| **情节与人物——找到伟大小说的平衡点** | 杰夫·格尔克 | 2014 年 6 月 |
| 人物与视角——小说创作的要素 | 奥森·斯科特·卡德 | 2019 年 3 月 |
| **经典人物原型 45 种——创造独特角色的神话模型（第三版）** | 维多利亚·林恩·施密特 | 2014 年 6 月 |
| 经典情节 20 种（第二版） | 罗纳德·B. 托比亚斯 | 2015 年 4 月 |
| **情节！情节！——通过人物、悬念与冲突赋予故事生命力** | 诺亚·卢克曼 | 2012 年 7 月 |
| 如何创作炫人耳目的对话 | 詹姆斯·斯科特·贝尔 | 2016 年 11 月 |
| 超级结构——解锁故事能量的钥匙 | 詹姆斯·斯科特·贝尔 | 2019 年 6 月 |
| 故事工程——掌握成功写作的六大核心技能 | 拉里·布鲁克斯 | 2014 年 6 月 |
| 故事力学——掌握故事创作的内在动力 | 拉里·布鲁克斯 | 2016 年 3 月 |
| **畅销书写作技巧** | 德怀特·V. 斯温 | 2013 年 1 月 |
| 30 天写小说 | 克里斯·巴蒂 | 2013 年 5 月 |
| 从生活到小说（第二版） | 罗宾·赫姆利 | 2018 年 1 月 |
| 小说创作谈 | 大卫·姚斯 | 2016 年 11 月 |

| | | |
|---|---|---|
| **虚构写作** | | |
| 写小说的艺术 | 安德鲁·考恩 | 2015 年 10 月 |
| 成为小说家 | 约翰·加德纳 | 2016 年 11 月 |
| 小说的艺术 | 约翰·加德纳 | 2021 年 7 月 |
| **非虚构写作** | | |
| **开始写吧！——非虚构文学创作** | 雪莉·艾利斯 | 2011 年 1 月 |
| **写作法宝——非虚构写作指南** | 威廉·津瑟 | 2013 年 9 月 |
| **故事技巧——叙事性非虚构文学写作指南** | 杰克·哈特 | 2012 年 7 月 |
| 光与热——新一代媒体人不可不知的新闻法则 | 迈克·华莱士 | 2017 年 3 月 |
| 自我与面具——回忆录写作的艺术 | 玛丽·卡尔 | 2017 年 10 月 |
| 写出心灵深处的故事——非虚构创作指南 | 李华 | 2014 年 1 月 |
| 写我人生诗 | 塞琪·科恩 | 2014 年 10 月 |
| **类型及影视写作** | | |
| 开始写吧！——影视剧本创作 | 雪莉·艾利斯 | 2012 年 7 月 |
| 开始写吧！——科幻、奇幻、惊悚小说创作 | 劳丽·拉姆森 | 2016 年 1 月 |
| 开始写吧！——推理小说创作 | 劳丽·拉姆森 | 2016 年 7 月 |
| 好剧本如何讲故事 | 罗伯·托宾 | 2015 年 3 月 |
| 经典电影如何讲故事 | 许道军 | 2021 年 5 月 |
| 童书写作指南 | 玛丽·科尔 | 2018 年 7 月 |
| 网络文学创作原理 | 王祥 | 2015 年 4 月 |
| **写作教学** | | |
| 小说写作——叙事技巧指南（第十版） | 珍妮特·伯罗薇 | 2021 年 6 月 |
| 你的写作教练（第二版） | 于尔根·沃尔夫 | 2014 年 1 月 |
| 创意写作教学——实用方法 50 例 | 伊莱恩·沃尔克 | 2014 年 3 月 |
| 故事工坊 | 许道军 | 2015 年 5 月 |
| 大学创意写作·文学写作篇 | 葛红兵 许道军 | 2017 年 4 月 |
| 大学创意写作·应用写作篇 | 葛红兵 许道军 | 2017 年 10 月 |
| 小说创作技能拓展 | 陈鸣 | 2016 年 4 月 |
| **青少年写作** | | |
| 会写作的大脑 1——梵高和面包车（修订版） | 邦妮·纽鲍尔 | 2018 年 7 月 |
| 会写作的大脑 2——怪物大碰撞（修订版） | 邦妮·纽鲍尔 | 2018 年 7 月 |
| 会写作的大脑 3——33 个我（修订版） | 邦妮·纽鲍尔 | 2018 年 7 月 |
| 会写作的大脑 4——亲爱的日记（修订版） | 邦妮·纽鲍尔 | 2018 年 7 月 |
| 奇妙的创意写作——让你的故事和诗飞起来 | 卡伦·本基 | 2019 年 3 月 |
| 成为小作家 | 李君 | 2020 年 12 月 |
| 写作魔法书——让故事飞起来 | 加尔·卡尔森·莱文 | 2014 年 6 月 |
| 写作魔法书——28 个创意写作练习，让你玩转写作（修订版） | 白铅笔 | 2019 年 6 月 |
| 写作大冒险——惊喜不断的创作之旅 | 凯伦·本克 | 2018 年 10 月 |
| 小作家手册——故事在身边 | 维多利亚·汉利 | 2019 年 2 月 |
| 北大附中创意写作课 | 李韧 | 2020 年 1 月 |
| 北大附中说理写作课 | 李亦辰 | 2019 年 12 月 |

# 创意写作课程平台

从入门到进阶多种选择，写作路上助你一臂之力

## 【品牌课程】叶伟民故事写作营

**故事，从这里开始。**

如果你有一个故事创意，想要把它写出来；

如果你有一个故事半成品，想要把它改得更好；

如果你在写作中遇到瓶颈，苦于无法向前一步；

如果你想找一群爱写作的小伙伴，写作路上报团取暖——

加入“叶伟民故事写作营”，让写作导师为你一路保驾护航。

资深写作导师、媒体人、非虚构写作者叶伟民，帮助你实现从零到一的跨越，将一个故事想法写成一个完整的故事，继而迈出从一到无限可能的重要一步。

## 【写作练习】“开始写吧！——21 天疯狂写作营”

**开始写吧！——21 天疯狂写作营，每年招新，专治各种“写不出来”。**

你有没有遇到过这样的情况：

拿起笔来，或是把手放到键盘上，这时大脑变得一片空白，一个字也写不出来？

或者，写着写着，突然就没有灵感了？

或者，你喜欢写作和阅读，但就是无法坚持每天写？

再或者，你感觉写作路上形单影只，找不到志同道合的小伙伴？

“开始写吧！——21 天疯狂写作营”为你提供一个可以每天打卡疯狂写作的地方。

依托“创意写作书系”里的海量资源，班主任每天发布一个写作练习，让你锻炼强大的写作肌。

★ ★ ★

写作营每年招新，课程滚动更新，可扫描右侧二维码了解最新写作营及课程信息，或关注“创意写作坊”公众号（见本书后折口），随时获取课程信息。

创意写作课程平台

图书在版编目（CIP）数据

情节与人物：找到伟大小说的平衡点/（美）格尔克著；曾轶峰，韩学敏译．—北京：中国人民大学出版社，2014.6
（创意写作书系）
ISBN 978-7-300-19364-9

Ⅰ.①情… Ⅱ.①格… ②曾… ③韩… Ⅲ.①小说创作-创作方法 Ⅳ.①I054

中国版本图书馆 CIP 数据核字（2014）第 103919 号

创意写作书系
**情节与人物**
找到伟大小说的平衡点
［美］杰夫·格尔克 著
曾轶峰 韩学敏 译
Qingjie yu Renwu

| | | | |
|---|---|---|---|
| 出版发行 | 中国人民大学出版社 | | |
| 社　　址 | 北京中关村大街 31 号 | 邮政编码 | 100080 |
| 电　　话 | 010－62511242（总编室） | | 010－62511770（质管部） |
| | 010－82501766（邮购部） | | 010－62514148（门市部） |
| | 010－62515195（发行公司） | | 010－62515275（盗版举报） |
| 网　　址 | http://www.crup.com.cn | | |
| 经　　销 | 新华书店 | | |
| 印　　刷 | 天津中印联印务有限公司 | | |
| 规　　格 | 160 mm×235 mm　16 开本 | 版　　次 | 2014 年 6 月第 1 版 |
| 印　　张 | 15.25 插页 1 | 印　　次 | 2022 年 1 月第 9 次印刷 |
| 字　　数 | 188 000 | 定　　价 | 38.00 元 |